白と黒

登場人物紹介
ガブスティル
中央国の近衛騎士団長付き補佐官。
次期騎士団長と目されている。
葉菜たちの護衛を務めており、
一緒に行動することが多い。
木実《このみ》葉菜《はな》
最強の破壊力を
授けられた、通称『黒姫』。
双子の妹と共に異世界に召喚され、
巫女姫として中央国で
暮らしている。

ジェシール
中央国の神官長補佐。
来る者拒まず、
去る者追わずの
プレイボーイ。
スウォリディス
南の国大使。
葉菜からは
『クリスマス騎士』と
呼ばれている。
わたまる
魔獣・ウィンの子供。
クリスマス騎士
から葉菜たちへの
贈り物。
ヴィクトル
中央国の王子。
キラキラしい見た目で
物腰柔らかだが、
曲者でもある。
木実《このみ》陽菜《ひな》
葉菜の妹。
最高の治癒力を持つ『白姫』。
葉菜と一緒に中央国で暮らす。

プロローグ

私――木実葉菜《このみはな》は、ある朝、いつも通り会社に出勤しようとしたところで、双子の妹・陽菜《ひな》から声をかけられた。

「遅れる〜！　お願い、葉菜！　送っていって！」

「やあよ」

そう言いながらも、私は車のキーを持ったまま玄関に留まる。陽菜が私にこう頼んでくるのは今日に限ったことではなく、私が朝送ってあげるのも、もはやお決まりのパターン。甘え上手で可愛らしい妹の頼みごとに、お姉ちゃんはめっぽう弱い。

そんな私の気持ちをわかっている陽菜は、「あと一分！」と叫んで洗面所へ駆け込んでいった。待たせていながら、さらに化粧を続けるつもりらしい。すぐに出ていかなくても、私が置いていったりしないと確信しているのだ。

それにしても、毎朝毎朝、陽菜の身支度への余念のなさには頭が下がる。

同じ時間に起きて、私が朝食を食べて片付けをしている間もずっと化粧をしているのに、まだし足りないというのか。

ちなみに陽菜は家で朝食を食べる時間がないため、私が作ったおにぎりを車中で食べながら仕事に向かうことが多い。

陽菜は有名服飾ブランドのショップに勤めているので、格好に気を遣《つか》うらしい。今日も、真っ白なブラウスに淡いブルーのふわふわしたスカートという、女の子らしい出で立《いた》ちだ。対する私は、食品や日用品をメーカーから取り寄せて小売店に卸《おろ》す卸売《おろしうり》、兼倉庫会社で働いている。そのため、勤務時はいつも動きやすいようにグレーのシャツに黒いパンツというスタイル。化粧も最低限しかしない。

私たちは一卵性《いちらんせい》の双子で顔の作りは瓜二《うりふた》つなのに、陽菜のほうが格段に可愛いしモテる。陽菜曰《いわ》く、化粧も服も、面倒なスキンケアもしっかりとやって、モテ仕草も研究を重ねているから。

そして陽菜は甘え上手でもある。仕事に遅れそうな時でも化粧の手順を省《はぶ》くのではなく、私に車で送ってもらって時間短縮するという業《わざ》を使う。そんな陽菜のことを羨《うらや》ましく思わないと言ったら嘘になるが、不器用な私には無理な芸当なので今のままでいいかと思っている。

「もう、急いで!」

そう言いながらも、私は大して焦《あせ》っていない。普段から時間に余裕を持って家を出るタイプなので、今日も陽菜を送って遠回りしても遅刻することはないからだ。

陽菜はそれを知っていて頼んできているのだから、仕方がないと苦笑いするしかない。

私は陽菜の「はあい」というのんびりした声を聞きながら、玄関に飾っている両親の写真を眺《なが》めた。

両親は私たちが高校生の頃に事故で亡くなった。だから私たちは今、両親が遺《のこ》してくれたこの家に二人で住んでいる。

学生の間は親戚の家にお世話になったりもしたけれど、やっぱり住み慣れたこの家に戻りたかったのだ。幸いにも両親は私たちが大学に行けるだけの充分な蓄《たくわ》えを遺《のこ》してくれていたので、金銭面で親戚に迷惑をかけてしまうことは、ほとんどなかった。

そうして大学を卒業するまでの期間を過ごし、一年前、私たちは働き始めた。それと同時に、お世話になっていた親戚に、もう大丈夫だからと言い、両親が遺《のこ》してくれたこの家に陽菜と二人で住むようになったのだ。

「遅くなってごめ～ん」

私が写真をぼんやり眺《なが》めている間に、陽菜が準備を整えて玄関にやってきた。そして、ガーリーなパンプスを履《は》く。

陽菜が立ち上がった瞬間——ぱあ……っと、足元が円を描くように光り始めた。

目が眩《くら》むほどの激しい光に、私は咄嗟《とっさ》に陽菜の手を握《にぎ》る。

そして、驚いて声も出せずにいるうちに、私たちは光の中に吸い込まれていった。

1

——あれ？　足元の感触が、突然変わった……？

玄関のタイルは滑《すべ》り防止用にザラザラしていたはずなのに、なんだか随分《ずいぶん》つるつるしている感じだ。

不思議に思った私は、眩《まぶ》しさに閉じてしまっていた目を、そろりと開く。すると周囲には、目を見開いた大勢の人がいて、こちらを凝視《ぎょうし》していた。

――怖い。

咄嗟《とっさ》に感じたのは、そんな想いだった。

人々の目は血走っていて真剣で、殺されかねない雰囲気である。

「な……に、これぇ」

私と手を取り合っていた陽菜の手から力が抜ける。

隣にぽすんとへたり込んだ陽菜は、そのまま両手で顔を覆《おお》って「どういうこと？　ここはどこ？」と言いながら泣き始めてしまう。

可愛く泣きじゃくる陽菜の隣で、私は唇を噛《か》みしめた。

私まで、陽菜と一緒に泣いている場合ではない。というか、私はこんなことで泣いて誰かが助けてくれるのを待つなんて性《しょう》に合わないのだ。

そう、私は強く、一人で生きていけるタイプ。か弱くて可愛い女の子ではない。

――陽菜を、守らなきゃ。私しか、いない。

そう強く思った瞬間、下から吹き上げる風に、私は飛ばされた……のだと思った。

だけど現実は、私を中心に、爆風が巻き起こったのだった。

熱い。寒い。胸の奥からどんどんなにかが湧《わ》き出てきて、痛い。そのなにかが出てくるたびに体が引き裂かれそうになるから押し込めたいのに、どんどん溢《あふ》れ出てくる。

怖い、怖い……怖い！

なんで？　どうして？　――なぜ、私たちはここにいるの？　なぜ、こんな恐怖を味わわなきゃいけないの？

「葉菜……っ」

陽菜が泣きながら私を呼んだ。

爆風に煽《あお》られつつ、私は手を伸ばして隣でうずくまる陽菜の手を握《にぎ》る。

その瞬間――この世界の神からの溢《あふ》れるほどの想いを感じ取った。


最初に感じたのは、『お願い』という懇願《こんがん》。

次は、『ごめんなさい』という謝罪。

そして神は、この国が、この世界が危険なのだと訴《うった》えてきた。

今、他国がこの国の制圧をきっかけに世界規模の戦争を起こそうとしているという。

それほど大規模な戦争が起きれば、森も動物も家も……人さえも焼き尽くされるだろう。神が創《つく》った世界は、滅んでしまうことになる。

凄惨《せいさん》な未来を予見《よけん》した神は、それを食い止めるため、そして平穏を望むこの国の人々の願いを受けて、戦争の抑止力《よくしりょく》となる人間を異世界から呼び出したのだという。

それが、陽菜と私。

こちらの人間には、体に入れることすらできない力を、神は私たちに与えた。

陽菜は、すべてを癒《いや》す奇跡の治癒力《ちゆりょく》。

私は、それと反対の、圧倒的な破壊の力を。

力を持つ私たち二人がいると、戦争は防げるのだという。私たちがただいるだけで、世界の平和は守られると。


……なんと、私たちは、小説やアニメでよくある異世界トリップをしてしまったというわけだ。

信じられないし、信じたくないけれど、私たちを取り囲んでいる群衆《ぐんしゅう》の髪や目の色は私が住む世界の人とはまったく違っていた。自宅の玄関にいたはずなのに、見知らぬ広間に瞬間移動していた理由も、異世界トリップしたからだと考えれば合点《がてん》がいく。でも、到底《とうてい》受け入れることはできない。

私は全力で嫌だと叫んだ。

だけど、神はそんな声など無視して、この世界の知識を次々と授《さず》けてくる。

私の頭の中に、欲しくもない知識が膨大《ぼうだい》に流れ込んできた。

陽菜にも、この不思議な感覚があるのか、「いやあ」と弱々しくつぶやく声が聞こえる。

しばらくするとその感覚が止《や》み、最後に神の声が聞こえた。

『あなたたちは、この国に安定をもたらす存在。この国で生涯《しょうがい》を終えて欲しい』

けれど、そんなこと急に受け入れられるものではない。

「嫌だ！」

大声で叫んだら、壁が崩れた。

「帰してよ！」

そう言いながら群衆《ぐんしゅう》を睨《にら》み付けたら、私の視線の先にいた人が吹っ飛んでいった。

その様子にびっくりして闇雲《やみくも》に腕を振ると、今度は腕を振った先にあった窓ガラスが割れた。

なにかするたびに、私の動きに連動していろいろなものが壊れていく。

「なに、なんなのっ？」

焦《あせ》って体を動かせば動かすほど壁は壊れるし、天井は落ちてくる。

誰かが、私が壊した瓦礫《がれき》の下敷きになっているのが見えた。爆発が起こり、周りの人たちは逃げまどっている。

このままじゃ、誰かを殺してしまう。

そう思うのに、体の中から力が流れ出てくるような感覚が止まらない。

「やだあああ！」

その時、とてつもない疲労感に襲《おそ》われた。

体の前で両手を握《にぎ》り、目を閉じた次の瞬間――

「こっちを見ろ」

温かい大きな手に自分の手が包み込まれた。

そして低く落ち着いた声が、とても近くから聞こえたけれど、怖くて目を開けられなかった。これ以上、よくわからない自分の力によって誰かが傷付くのを見たくない。

「大丈夫だから」

声に優しさが加わって、今度は頬《ほお》に温かさを感じた。大きな両手が、私の頬《ほお》を包み込んで、顔を上げさせる。

驚いて思わず目を開けると、目の前に深い紺色の瞳があった。

涙でぼやけた視界に、男性の姿が映る。

「落ち着いて。息を吸って……そう、吐いて」

至近距離で指示を出され、なにも考えずに従った。言われた通りに深呼吸を繰り返すと、紺の瞳が『よくできました』と褒《ほ》めるように優しく細められる。

その優しい瞳に、私はこんな状況なのに、思わず見惚《みと》れた。まるで包み込んでくれるような安心感のある視線だと思った。

彼は、私の頬《ほお》を両手で包み込んだまま、腰をかがめて顔を覗《のぞ》き込んでくる。

あまりに顔が近くて、私の頬《ほお》は少し熱くなった。

こんなに逞《たくま》しくて、格好いい人に見つめられ続けるのは、とても恥《は》ずかしい。

私には生まれてこのかた恋人がいたことはない。男性に近付かれた経験もないので、今が最大接近だ。さっきまではパニック状態だったから近付かれても気にならなかったけど、落ち着きを取り戻した途端《とたん》に意識してしまった。ぼんやりと見つめていた紺の瞳から視線を逸《そ》らす。

すると、視線の先には、彼のボロボロの服があった。

装飾《そうしょく》があちこちについた、華美《かび》な軍服のようなその服は、あちこちが焦《こ》げて、破れて、汚れてしまっていた。破れた服の隙間《すきま》から見える肌には、血が滲《にじ》んでいる。

もう一度彼の顔に視線を戻したところ、瞳と同じ色の短い髪は乱れ、額には汗が浮かんでいた。

疑問など持つ余地もない──すべて私がやったことだ。

「ごめんなさい」

私が謝ると、彼の太めの眉が寄せられて、悲しそうな顔になった。心底私を心配しているような表情に見えて、そんな場合ではないのにドキドキする。

場違いな気持ちを無理矢理抑え込んで、私はもう一度謝罪と、そして感謝を伝えた。暴走を止めてもらえて、本当に助かったから。

「感謝は受け取ろう。しかし、こっちの都合で勝手に喚《よ》び出した我々に詫《わ》びる必要はない」

彼は、慰《なぐさ》めるでも怒るでもなく、無表情でそう言った。

そのことになぜかほっとして、私は涙が出そうになってしまう。彼は私を困ったように見て、頭を撫《な》でてくれた。

だけど、私の足元には、瓦礫《がれき》と傷だらけの人間たちが転がっていた。

それらを見ていたら、自分の中でまた、得体《えたい》の知れない力がざわざわと湧《わ》き起こる気配がする。

これを解放してしまえば、またさっきのようにいろいろな物や人を破壊してしまうと理解した。

私は、なにをするためにここに喚《よ》ばれたのだろう。

先ほど神は、「私たち」がいるだけで世界が安定するだなんて言っていたけれど、こんなことをする私が本当に必要なのか。陽菜だけでよかったのではないか。大勢の人間を傷付けてしまったことを自覚するにつれ、私の心は暗いものに浸食《しんしょく》されていく。

その時、隣に座り込んでいた陽菜がふらりと立ち上がって、手を前へ突き出した。

陽菜が辛そうな顔をして手をかざすその先では、血を流して目を閉じて動けなかった人々が驚いたように目を瞠《みは》り、そして動き出す。

これが陽菜の力か。私が傷付けてしまった人を、癒《いや》してくれている。でも、その力を発動するには、辛さを伴《ともな》うようだ。

「なんて力だ」

近くに立つ男性が感嘆《かんたん》のため息を吐く。

それを見た私は、自分の代わりに頑張《がんば》ってくれている陽菜に対して——ほんの少しだけ、もやっとした気持ちを抱いた。

神はどうして、私にこんな凶暴な力を与えたのだろう。なにかしらの力を授《さず》けられるなら、私も陽菜のように、みんなの役に立つ力がよかったのに。今の状況は、私がこれまでの人生でたびたび感じてきた陽菜への劣等感《れっとうかん》を煽《あお》った。

そんな気持ちに気付かれたくなくて、私は顔を覆《おお》って俯《うつむ》いた。

どれくらいの時間が経ったのか、陽菜が「はあぁっ」と大きく息を吐き出して座り込んだ。

陽菜の手足は震《ふる》え、体力の限界を訴《うった》えているようだ。

私は、ごめんねと心の中で叫びつつ陽菜を抱きしめた。

震《ふる》えながら陽菜を抱きしめて――実際にどっちが抱きしめていたのかは、ちょっと曖昧《あいまい》だけれど――「陽菜がいてくれてよかった」と小さな声でつぶやく。

もし一人でこの状況を迎えていたら、私は現実を受け止めきれずに壊れていた気がする。陽菜に対する私の感情は複雑で、時に煩《わずら》わしく思うこともあるけど、やっぱり一番気が合うし、なにより大切な存在だ。もっとも、普段はそれほど深刻に自分たちの関係について考えているわけじゃないけれど。私自身、それほど真面目《まじめ》ではないし、なるようになれという性格だから。

さらにしばらく経過し、陽菜の体の震《ふる》えがおさまって、私も周りを見渡せる余裕が出てきた頃、髪も髭《ひげ》も服も真っ白なおじいちゃんから声をかけられた。

「巫女姫様」

突然、そんな風に呼ばれて、戸惑ってしまう。しかし、私たちは神が呼んだ尊《とうと》い存在であるから、そう呼びたいのだそうだ。

そんな呼ばれ方をすることに恐縮する私を放置して、陽菜は嬉しそうに応じている。

おじいちゃんは、これから私たちが暮らす場所に案内したいと言う。私はまだこの状況を受け入れたわけではなかったけれど、陽菜が意気揚々《いきようよう》とついていってしまったので、仕方なくあとに続いた。

簡素な門を潜《くぐ》り抜けると、美しく整備された花壇《かだん》と木々のある沿道の先に、白い壁に囲まれた大きな家が建っていた。

かなり高さのある建物だったので、二階建て？　と思ったら、非常に天井の高い一階建てだった。なんて贅沢《ぜいたく》なつくりをしているのだろう。空調が効きにくいじゃないか。壁面がほぼ窓という今いるこの部屋の他に、寝室、書斎《しょさい》、バス、トイレはもちろん、小さいけれどキッチンまでついているらしい。

ぼんやりと周りを眺《なが》めていた私の横で、ここまで案内してきてくれたおじいちゃんが頭を下げて言った。

言葉遣いや、身のこなし、同行している人たちの対応からして、このおじいちゃんはきっと偉い人なのだと思う。そんな人にかしこまって話をされるような大層《たいそう》な人間じゃないんだけどな、私。

「申し訳ありません。別の場所に巫女姫様の城を建築いたしますので、それまでこの場所でお過ごしください」

さらりと言われ、うなずきそうになって焦《あせ》った。

――私たちのために城を建てるって、本気で⁉

言葉を発することができずに固まってしまった私の横で、陽菜はため息を吐きながら言う。

「別の建物をご用意くださるのですか？　こんなに素敵な場所で暮らせることを喜びましたのに。もっとも、私たちは、どこか……一つのお部屋でもいただければ、そこで暮らしていきますわ」

そのかしこまった口調と言葉を聞いて、生涯《しょうがい》この世界で暮らすということを、陽菜がすでに受け入れているのに気が付いた。

不安で表情さえもうまく繕《つくろ》えなくて、言葉が出ない私とはまったく違う。切り替えが早い。早すぎる。

「そのような！」

悲鳴《ひめい》のような声を上げて、おじいちゃんが首を横に振る。

かなりテンパっている様子なので、今、背後から驚かしたらそのまま死んでしまいそうだなと、場違いなことを考えた。こういう時にシリアスになりきれないのは私の悪い癖である。周りの友達は私を、飄々《ひょうひょう》とした性格と評することが多い。

そんなことを考えながらおじいちゃんを観察していると、突然うしろから声がした。

「あなたがたのための労《ろう》を惜《お》しむ者など一人もおりません。どうぞ、お望みのものをお申し付けください」

振り返ると、真っ青な軍服に紺色のマントを羽織《はお》った男性が歩いてくる。

護衛と見られる数人をうしろに従えているところから察するに……要人か。もしかして王子とか？

「こうして、巫女姫様にお目見えすることができる日がこようとは。この国の王の子、ヴィクトル・コンスタンチリュシューベル・アンストロペダル・カリンと申します」

綺麗《きれい》なお辞儀《じぎ》をして名乗ったその人は、やはり王子だったらしい。

絵本の中から出てきたような完璧な王子様だ。明るい緑の髪と、同じ色の瞳をしていた。

他の人とどこが違うとはうまく言葉にできないが、動きが綺麗《きれい》だと思った。さすが王子。

それにしても、名前が……長い。

私たちがこの世界で生きていくならばお世話になることも多い人物だろうし、彼の名前を覚えるべきだと思ったけれど無理っぽい。早々に諦《あきら》めていると、王子はそのキラキラしい顔をさらに輝かせて笑って言った。

「どうぞ、ヴィクトルとお呼びください」

いや、そんな気軽に呼べないから。もう、王子とか殿下と呼ぼうと密《ひそ》かに心に決めた。

次いで王子は、私たちを部屋の奥にあるソファに座るよう促《うなが》す。この部屋の中央には、それぞれ三人ずつくらい掛けられる豪華《ごうか》なソファが向かい合う形で配されていた。ソファの間には、繊細《せんさい》な細工《さいく》が施《ほどこ》された机もある。

私と陽菜が同じ側のソファに座り、向かいに王子とおじいちゃんが座った。座る前に自己紹介してくれたところによると、おじいちゃんは神官長らしい。

王子は、この国およびこの世界について説明してくれた。

その話を聞いた私の印象では、ここの世界は中世ヨーロッパみたいな感じだ。

貴族とか神官とかがいて、王が国を支配している。

女性はひらひらした服を着て、男性はキラキラしい軍服のようなものを着ている人が多いようだ。

この部屋には王子たち以外にもたくさんの人がひかえている。私はそっと周囲を見回した。

人々の髪や目の色彩はかなりカラフルだから、正確には中世ヨーロッパ風ファンタジーっぽい世界だと言える。目がちかちかするようなパッションピンクの髪色の人なんて、現実の中世ヨーロッパには多分いない。

ド派手な髪色の人を見て、『うわあ』と思っていたら、元は普通のピンクだけど、おしゃれだから染めているのだと言われた……染めなくても充分派手な色だろ？

この世界にも、染髪《せんぱつ》する文化があるらしい。そういう部分は、元の世界の現代文化に通ずるものもあって、面白いと思った。

そして、ここは魔法がある世界。私と陽菜以外にも魔法を使える人はいるという。

また、この世界で『黒』は特別な色らしく、黒を有《ゆう》する人間はいないそうだ。

黒は魔を溜《た》め込むことのできる色で、強大で凶悪な力があるのだという。

……って、そうなの？　私と陽菜は、がっつり目も髪も黒いんですけど！

私が焦《あせ》っていると、黒い瞳と髪を持ち魔力を行使《こうし》できる人間ということこそが、私たちが神の遣《つか》いだという証明であると付け加えられた。

陽菜は最高の治癒の力。

私は最強の破壊の力。

魔法を使える人が他にもいるとはいえ、私たちほど強い力を持つ者はいないだろうと王子は語った。

「貴女がたには、すべての自由があります」

そう前置きして、神官長のおじいちゃんは話を引き継ぐ。

「この世界は巫女姫様たちがいてくださるだけで安定します」

つまり、なにもすることはないらしい。ただ一生を、この世界の安寧《あんねい》のために生きてほしいというわけだ。

神の意志でこの世界に降ろされた私たちを、元の世界に戻す方法などないらしい。この地で生涯《しょうがい》を終えてください、と淡々と告《つ》げられた。

急にそんなこと言われても！　と、反発する気持ちはあったけれど、目の前の人たちを責めるのは筋違いだ。

先ほどの王子の話から察するに、黒髪黒目の私たちはこの世界では畏怖《いふ》される存在らしいので、他の場所へ行っても遠巻きに見られるだけで、普通の生活などできないだろう。事情を知る人たちのお世話になるほかないのだと思った。

おじいちゃんが、「お二人を区別するために」と前置きをして、私のことを『黒姫《くろひめ》』、陽菜のことを『白姫《しろひめ》』と呼んでもいいかと聞いてくる。

この国には、日本のように「白＝《イコール》善」、「黒＝《イコール》悪」というイメージなど、きっとない。

それでも……言われた瞬間の拒絶感は、消せなかった。

なんだか私は否定され、遠ざけられているように感じた。

話が一段落したところで、神官長が手を上げて、誰かを呼んだ。

特に意識せずに振り返って、息を呑む。

無茶苦茶、美しいものが歩いてきたのだ。

「私の補佐です。なにかあれば、これをお使いください」

神官長に紹介された、人形のように整った顔の人物は、銀色のさらさらした長い髪が床についてしまいそうなほど頭を下げた。

「神官長補佐を務めております、ジェシール・スティルローサでございます」

こちらの世界の人は、人に名前を覚えさせる気がないのか。長いし発音しにくい言葉ばかりだし、非常に不親切だと思う。

その補佐の言葉を皮切りに、周りの人たちの自己紹介合戦が始まった。

おじさんから若い人までなんだかんだと名前を告《つ》げてくるが、一人として覚えられない。

混乱して、うんざりして、誰にも聞かれないようにため息を吐いたつもりが、陽菜には簡単に勘付かれてしまった。

「とりあえず笑っときなさい。あとは勝手にしゃべらせておけばいいわよ?」

しかも、妙なアドバイスまでくれた。とりあえず笑っとけ——それができたらこれまでの人生でも人間関係で苦労はしなかった。口を突き出して陽菜にそう言ったところ、やる気の問題だと肩をすくめられた。これまでのことはさておき、はっきり言って、今の状況ではやる気も出ない。

それにしても、なぜこんなにたくさん人がいるんだ。

大勢に見られているだけで、私は疲れて背中を向けてうずくまってしまいたくなる。

そんな私の心情などお構いなしに挨拶《あいさつ》が続けられている最中《さなか》、大きな背中が私たちの前に現れた。

その瞬間、なにやら柔《やわ》らかな空気に包まれた気がした。

「皆様、今日のところはそれくらいにされてはどうでしょうか。巫女姫様がたは、本日いらしたばかりでお疲れです」

低い声が心地いい。さっき、私の暴走を止めた人だ。この人が近くにいると妙に安心する。なぜだろう。

パステルカラーのようなカラフルな色彩の髪や瞳を持つ人が多いこの世界では珍しく、濃く暗い髪色をした人だった。

「お名前を」

思わず、彼の背中に問いかけた。

口に出してから、しまったと思う。さすがに唐突《とうとつ》すぎだろう。慌てて口をつぐんでも、発してしまった言葉は口の中に戻ってきてはくれない。

その人は、首だけで振り向いて、少し困った顔をしてから、こちらに一礼した。

困らせてしまったと恐縮していると、彼は大勢いた人たちのほとんどをこの部屋から追い出し、改めてこちらに体を向けて挨拶《あいさつ》をする。

「名乗りもせずに、失礼いたしました。護衛をさせていただきます、ガブスティル・サルスタルーヌと申します」

右手を左胸に当てて敬礼する姿は、背筋が伸びていてとても格好いい。

「いえっ、こちらこそ、失礼な真似《まね》をいたしました」

謝りながらも、彼の名前を覚えようと必死に頭の中で繰り返していた。

私の暴走を止めてくれた恩人だし、この人の名前は覚えなくてはと思いつつも、発音できるだろうかと心配になる。

誰しも、苦手な発音というものがあるだろう。『東京特許許可局』などは大多数の人が発音しにくい言葉であるが、その他にも人によって得手不得手《えてふえて》がある。

私は、『ティ』とか『トゥ』が苦手だった。『て』なのか『い』なのか。『と』なのか『う』なのか。微妙な音が出しにくく、すぐ噛《か》んでしまうのだ。

「ガブスティルとお呼びください」

頭を上げた彼に、目を見ながら言われた。

これは……今、ここで呼べと言っているのだろうか。

陽菜に目を向けると、にっこりと笑っている。

「先ほどは助けていただいてありがとうございました。ガブスティル様」

そう言った陽菜に、彼はにっこりと笑った。

「巫女姫様にお礼を言われるほどのことではありません」

初めて彼の笑った顔を見た。私は嬉しくなると同時に、その笑顔を向けられたのが自分ではないことに少し寂しさも感じた。

でも今は、感傷《かんしょう》に浸《ひた》っている場合ではない。私にも言わなければならないことがあると思い出す。

「ありがとうございました」

陽菜に倣《なら》って頭を下げた。

そして頭を上げて彼の顔を見ると、じっとこちらを見ている。

……えーっと。

困って首を傾げてみたり、陽菜に視線を移してみたりするが、彼は私から目を逸《そ》らさない。

これは……名前を呼べと、要求されているのだろうか。

困ったなと思っていると、まだこの部屋に残っていた二人――王子とジェシール様が話しかけてきた。

二人に対して陽菜がにこやかに対応を始めたので、私もそちらに目を向けようとするのだが、彼の視線はそれを許してくれない。困ったようにこちらを見つめ続けられて、どうしていいのかわからなくなってくる。……なぜそんなに、名前を呼ぶことを強要してくるのだ。

それに、どうせこちらを見るのなら、そんな困ったような顔じゃなくて、さっき陽菜に向けたような笑顔がいいと、関係ないことを考えた。

「ガブスティルとお呼びください」

もう一度言われた。

これは、呼ぶべきだ。こうまで名前を呼んでほしいと言っているのだから、きっとこの世界には名前を呼ぶことになにか特別な意味があるのかもしれない。彼は恩人なのだ。彼がそれを望むのならば、叶《かな》えて少しでも恩返ししたい。

そう判断して、私は気合いを入れて言った。

「ガブ……スちる様？」

「……」

沈黙が落ちた。

くっ……！　やはり、言えなかった。

敗北感にまみれながら彼を見上げたところ、困った顔は崩れていなかった。もう一度挑《いど》むべきかと、今度はゆっくりと呼んでみる。

「ガブステル様」

やはり上手く発音できなかった。

思わず、なんでそんな名前なのと、理不尽すぎる文句《もんく》を言いたくなってしまう。

でも、恩人の名前くらいは……と思いながら、再度口を開こうとした時、今にも笑い出しそうな陽菜の姿が目に入った。

大笑いされる。もう一回呼んで、それでも失敗したら、その場で大笑いされるのは確実だ。だから私は考えた。かくなる上は……

「もう、ガブって呼ぶ！」

潔《いさぎよ》く諦《あきら》めることにした。恥《は》ずかしさから早々に敬語が取れてしまったのはご愛嬌《あいきょう》ということで見逃してもらいたい。

これが、私とガブの出会いだった。

◆　❖　◆

この世界に来て、ひと月が経過した。

朝から晩まで人にかしずかれて、至れり尽くせり。

それに、豪勢《ごうせい》な部屋でご馳走《ちそう》を食べて、綺麗《きれい》なドレスを着て。金銀財宝、宝石も選《よ》り取《ど》り見取《みど》り。

イケメン王子に微笑まれて、イケメン護衛に守られて、イケメン神官に跪《ひざまず》かれて――息が詰まりそうだ！

陽菜は嬉しそうに歌まで口ずさんでいるが、常に周りに他人がいる生活は私には辛かった。神は、この世界には私たち巫女姫が必要だと言っていたけど、この場所にいなければならないとは言っていなかったはず。ならば私はここを出ても問題ないのではないか。そう考えた私は、自分の生活を作ろうと決意した。自分だけの居場所がほしい。常に周りに人がいるこの敷地内ではなく、市井《しせい》の人に紛《まぎ》れてひっそりと暮らしたい。

そう思い立って、陽菜に言うと、

「葉菜が傍《そば》にいないのは寂しいけど、葉菜の好きにすればいいよ～」

という呑気《のんき》な返事があった。

陽菜の了承《りょうしょう》が得られたので、一人暮らしにはなにが必要か、どうやって準備を進めようか早速考え始めたところ、ドアをノックする音が聞こえた。

王子かジェシール様がやってきたのだろうと思い軽く返事をすると、「伯爵様っ、今許可を取ってまいりますので、お待ちくださ い……っ！」という護衛の人の慌てた声がした。

「今、返事をしていただけただろう！」

そんな大声と共に入ってきたのは、中年の男性。この世界の人が派手なのにはこの一か月で慣れたけれど、その中でも特に派手な格好のおじさんだった。

「白姫様！」

おじさんは、大きな声で陽菜を呼んだ。

その大声に驚いている間に、伯爵は陽菜の足元に擦《す》り寄り語り出す。

「ああ、どうぞお助けください。私の娘が怪我《けが》をして苦しんでいるのです。その稀有《けう》なる力で癒《いや》してやってください。是非、我が屋敷へお越しを。白姫様が望む物を、なんでも準備いたしましょう」

そう言って陽菜の手を引くから、私は彼の手を叩き落とした。

「勝手に陽菜に触らないでください」

「なんとっ……！　私はただ白姫様のお力をお借りしたいと申しているだけです！　この奇跡の力をこんな小さな部屋に閉じ込めて、なんともったいない！」

もったいないという言葉に、私の眉間に皺《しわ》が寄る。

陽菜が力を振るう姿は一度しか見たことがないけれど、もう二度と使わないでほしいと私は思っていた。とても辛そうだったのだ。力を使い続ければ、陽菜は疲弊《ひへい》して体を壊してしまうだろう。

神は、私たちがいるだけでこの世界の平和は保たれると言っていた。この力で人々の傷を癒《いや》してほしいわけではないようだった。

「白姫様、どうぞお願いいたします！」

伯爵は素速い動作でふたたび陽菜の腕を掴《つか》み、引っ張って連れていこうとする。

「やめてくださいっ」

陽菜が悲鳴《ひめい》のような声を上げた。

私ももう一度手を出して助けようとしたけれど、彼の従者によって阻《はば》まれた。申し訳なさそうな顔をしているから、お付きの人の本意ではないのかもしれない。

遅れて部屋に入ってきた護衛の人たちも陽菜を助けようとしてくれたけれど、そのたびに伯爵は「私を誰だと思っている！」と恫喝《どうかつ》して周りを黙らせた。

陽菜が思い切り顔をしかめて助けを求めているのに、私は近付くこともできない。

もどかしくて、腹立たしくて――体の中から、外に出してはいけない力が溢《あふ》れ出そうとする感覚があった。押し留《とど》めようとしたけれど、陽菜の様子に気を取られて力を制御《せいぎょ》することに意識を集中させられない。

「これは、どういうことでしょうか？」

その時、ドアを開けてガブが現れた。

すると、私の中の力が静まるのがわかる。

伯爵はガブの姿を認めた瞬間に慌てて言い訳を始める。しかしガブは無表情のまま伯爵をどこかに連れていってくれ、事なきを得た。

……この一件で、私は悟った。ここでの生活はこりごりだけど、陽菜が危険な目に遭《あ》うかもしれないのに、この場所に放って出ていくことはできない。

私が一人で暮らすためにまず必要なもの。それは、陽菜を安心できる誰かに託《たく》すこと。では、その誰かとは誰なのか――？

こうして私は、陽菜を守ってくれる結婚相手探しに乗り出した。

◆ ◆

「で、あの人のこの国での影響力って、どれくらいあると思う？」

私は、通りすがりの可愛い侍女さんを捕まえて神殿の門の傍《そば》で話し込んでいた。伯爵が私たちの部屋に乗り込んできた一件から一週間、私はこうして侍女さんたちの暇を見計らっては、陽菜の相手にふさわしい男性を探すための情報収集に精を出している。

王子をはじめ、ジェシール様やガブも陽菜にアプローチを仕掛けているみたいだが、私が認めた相手じゃないと！

「そうですねえ。ジェシール様は神官長補佐というお立場ですし、神殿側からいろいろ国を動かす力はお持ちかと」

侍女さんは、困った顔をしながらも瞳をきらめかせて答えてくれた。なんだかんだ言っても、女性はこの手の噂話が大好きなのだ。

「ふうん。なるほど。その人と結婚するとさ……」

私が続けて質問しようとしていると、道に敷き詰められた小石をざりっと、踏みしめる音が聞こえた。わざとらしいほどに大きな音だったから、私たちの会話をしばらく聞いていて、出る機会を窺《うかが》っていたのだろう。

「失礼」

噂話のご本人が登場した。

ストレートの銀髪をなびかせて、同じ色の眉をひそめながら近付いてきたイケメン。女性と言われても信じてしまうほどの美貌《びぼう》である。

その神官様が白地に銀色の縁取りがある、いつもの衣装でそこに立っていた。

その人が現れた途端《とたん》、私と話していた侍女さんは悲鳴《ひめい》に近い声で「失礼しますっ」と言って逃げていく。

折角、情報通な侍女さんを捕まえたのに、逃げられてしまった。

「巫女姫様はそういうことを気にするタイプには見えませんでしたが、やはり財産がほしいですか？」

刺々《とげとげ》しい口調で言う男を、私はムッとして睨《にら》み付ける。

「当たり前のこと聞かないでよ」

嘲《あざけ》るような視線を向けられても、私は怯《ひる》まない。

「なに、愛だけで生きていけるとでも思ってるの？」

今度は私が彼に嘲《あざけ》る視線を向け、胸を張って言う。

「あなたは生まれながらに恵まれた環境にいらしたようね。当たり前に与えられてきたもののせいで世間に疎《うと》いんじゃないの」

目の前に立つ彼はものすごい長身なので、私は見上げるしかない。見下ろされている状況にもイラッとしながら、私は腰に手を当ててふんぞりかえって見せた。

すると彼は、嫌悪感を隠せない様子だった。

「しかし、今のような調査を侍女にするのは、あまりにも……」

語尾を濁《にご》しはしたが、言いたいことは伝わる。

『あさましい』

続く言葉は、それだろうか。

まあ、どう思われても構わない。どんな手を使っても、誰になにを思われても、私は一つでも多くのデータを集めたかった。

陽菜の結婚相手となり得る人間のことが知りたかった。

「こっちは健康で文化的な最低限の生活を守るために必死なのよ」

胸を張る私から目を逸《そ》らして、イケメン神官・ジェシール様は苦しそうにつぶやいた。

「……たとえ私があなたのお眼鏡《めがね》にかなったとしても……」

「そりゃそうよ。選ぶ権利はあの子にあるわ」

うんうん。私はしっかりとうなずく。最終的に決めるのは私ではないからね。

「……あの子？」

「そう。あんたが口説いてる、私の妹」

「……」

「財産はありそうだけど、苦労しそうね。いろいろなしがらみがありそうだわ。お薦《すす》めできそうにないと判断し……」

少しカマをかけると、ジェシール様は慌てた様子で口を開く。

「いえいえいえ。すごくお薦《すす》め物件です。三男なので爵位を継《つ》がなくていいし、そのわりに地位はあるし、お金もある」

「それじゃあ、女性との交友関係とか、普段の……」

「清廉潔白《せいれんけっぱく》です」

「堂々と嘘がつける性格、と……」

「メモしないでください！　私は神官ですよ!?　嘘なんて……」

だって、さっきの侍女さんが言ってたもん。

いわゆる八方美人。誰にでも優しく、誰でも受け入れる。『来る者拒《こば》まず、去る者追わず』の典型だって。

私がそんなことを考えている間に、ジェシール様は自分の生活がどれほど清く正しいかを語り始めた。私はそれを、とりあえず無視する。

「次はガブのとこ行こうっと」

と、振り返ったところで、本人が目の前に現れた。

濃紺の髪と同じ色の瞳。護衛という職にふさわしく、いい体をしているし短髪で男らしい。

そして、いつも怒った顔か困った顔をしている。太めの眉毛を吊り上げるか下げるかしているところしか見たことがない。

困った顔は、主に私と対面している時の表情なわけだけど。

「ガブスティルです。略さないでください」

「細かい性格……と」

ついでにそうメモしていると、ガブから困ったように見下ろされた。

「また陽菜様のお相手探しですか。なぜ、このようなことを？　それに、陽菜様のお相手を見つけたあと、あなたはどうされるのですか？」

陽菜にアプローチ中の人から、私の今後を心配されるとは予想外だ。

意外な思いで見上げると、瞳の中に鋭《するど》い光があった。

それで、腑《ふ》に落ちる。私が他国に行く気ではないかと疑っているのか。

陽菜と同様に私も強大な力を持っているから、他国へ渡られて国同士の力関係が変わるのを危惧《きぐ》しているのだろう。

でも、この敷地内での生活が息苦しくて出ていこうとしているのに、別の国にお邪魔《じゃま》するわけがないじゃないか。他国に行けば、またその国の偉い人に捕まって城に閉じ込められてしまうに決まっている。私の目標はひっそりと生活することなのだ。陽菜ともすぐに会える場所にいたいし、そう遠くへ行く気はない。

——この力を手にしてから、たくさん考えた。

私が恐れられるのは仕方がないことだと……受け入れたくはなかったけれど、今ではきちんと理解している。

圧倒的な破壊の力。

それが、たった一人の人間の手にある。

それは、敵だけでなく味方にとっても脅威《きょうい》だ。

周りの人々は私のことを、どう扱えばいいのかわからないだろう。怒らせることは決してできない。だからきっと、私が言うことはすべて叶《かな》えてくれるはず。私に逆らうことができる人間などいないのだ。

みんな、私の顔色を窺《うかが》って、ご機嫌を取って……

そんな風に思われながら、人と一緒に暮らすのは嫌だ。私はどこにも属さず、化け物として、他の人間とは一線を引いて、どこかの山奥に籠《こも》るべきではないかと考えた。

こんな化け物が、普通の人間と一緒に暮らしてはいけないのだと思う。

私は先ほどのガブの問いに対して、自分の力で生活したいと前置きしてから、言った。

「そもそも私だってね、普通なら妹の相手探しなんてしないわ。だけど、治癒力を持つ陽菜を守れる人間が傍《そば》にいなかったら、あの子はどうなると思うの？」

私が言ったことに、ガブはうなずく。先日の伯爵乱入事件のことを思い出す。

私はあの時、とても怖くなった。あんなことが二度とないと言い切れない事実が。

誰かを大切に想う気持ちは、時に憎悪《ぞうお》にも変わる。力を使えばありがたがられるけど、応じなかった時には『なぜ、助けてくれないのか』と攻撃されてしまう。

陽菜が力を使う様子を見る限り、力は無限ではなさそうだ。使った分だけダメージを受ける。私だって、力が暴走したあとはひどく疲れてしまった。

もし事故に遭《あ》ったり伝染病が流行《はや》ったりしたら——人々は陽菜の力を欲《ほっ》するだろう。その時に陽菜を守り、矢面《やおもて》に立つ人間が必要だ。矢を跳ね返せるだけの地位と権力と金が必要なのだ。

「陽菜には、早急に守ってくれる相手が必要なの。私は一人でも生きていける。強いからね」

実際、私の攻撃力は半端《はんぱ》ない。

さらに言えば、こうして護衛を出し抜いてうろちょろする俊敏性《しゅんびんせい》もあるし、私なら一人でも生活は、きっとできる。

一通りの知識を神に授《さず》けられているとはいえ、この世界での生活は簡単にはいかないだろうけれど、時間をかければなんとかなると思う。

とはいえ、そういう生活を始めたら、なにか仕事をして収入を得なければならないし、陽菜にずっとついていてあげることはできない。

だから陽菜を、権力を持つ誰かの庇護《ひご》下に入れようと思ったのだ。

困り顔のガブを見上げていると、うしろからジェシール様の焦《あせ》ったような声が聞こえてくる。

「お二人はこの世界に必要とされている方々です。無礼《ぶれい》など働くわけが……」

そう言ったジェシール様に、ガブは鋭《するど》い視線を向けた。

ジェシール様は、ぐっと言葉に詰まり、続きを言い出せない。

彼も知っているはずだ。陽菜が伯爵に連れ去られそうになった事件を。

……やっぱり、ジェシール様は論外。こんな人に陽菜は守れない。

結婚相手となるのは、陽菜に危険をもたらす誰かがいると理解している人じゃないと。神の遣《つか》いになにかする者などいるわけがないと思っているような人と一緒では、陽菜は危ない。

私たちは、それぞれが持つ魔力以外は、本当に日本にいた時と変わらない。陽菜は、腕力も体力もない、か弱い女の子のまま。

自分勝手だと思われても、私は、私が安心して一人で暮らしていくために、陽菜を信頼できる人間に任せてしまいたいのだ。

「あなたに逃げられると困ります」

やけにはっきりとガブが言い放つ。

困るって、どうして？　他国には行かないんだから、別にいいじゃない。

よくわからなくてガブを見上げたら、怒っているようだ。陽菜の前ではにこやかに笑うのに、私の前ではいつも……。嫌な気持ちが湧《わ》き上がってくる。泣きそうになってしまったので、わざと強気な表情をして言う。

「今は、おとなしくしているでしょう？」

今後のことはわからないけど、ひとまず。そんな気持ちを言外《げんがい》に込め、『今は』を強調して挑発的に言ってから、とりあえず――

「ガブって、何人兄弟？」

陽菜の花婿候補として、情報収集はしておこう。

ジェシール様とは違い、彼は陽菜の身に危険が及ぶ可能性をきちんと認識している。貴重な存在だ。

「五人兄弟の二番目です。さあ、部屋に戻りますよ」

「五人!?　兄弟多いんだね」

私がまだ話しているというのに、肩を抱かれて回れ右させられた。

「そうですね。爵位は兄が継《つ》ぐのでありませんが、稼《かせ》ぎはいいほうだと思いますよ」

護衛って、高給なんだ。巫女姫の護衛を任されるくらいだから、それなりの地位なんだとは思っていたけど。

私の調べたところによると、ガブは小さな頃から魔力が高く、同時に身体能力も優《すぐ》れていたため、早くから近衛《このえ》騎士団に入団したという。

そこで、どんどん実力をつけ、現在では戦闘能力においてガブよりも上の人はいないとみられる。地位は、『近衛《このえ》騎士団長付き補佐官』。ガブはまだ二十八歳と若いし騎士団長の椅子《いす》も埋まっているので、その座が空《あ》くのを待っている状態のようだ。

騎士団長になったあとは、順当に軍の司令官にまで上《のぼ》り詰めるだろうと噂されているらしい。つまり将来有望株である。

ガブの兄弟構成は知らなかったので、手帳に新たな情報を書き込んでいると、手元を覗《のぞ》き込んできた。

肩を抱かれたままなので、あまりの顔の近さにびっくりした。

「なんて書いているんですか？」

ガブは、私の手帳を見て顔をしかめた。私たちは、神から与えられた知識でこちらの文章は理解できるが、ガブたちは日本語が読めない。

秘密を書きとめるには日本語で書くのが最良だ。

私はガブに内容を教える気なんてさらさらなく、ただくすくすと笑った。

そんな私の様子を見ながら、ガブも目を細める。

「それで、私はお眼鏡にかないましたか？」

「まああね」

私がわざとらしく手帳を振りながら答えると、ガブは私の手を捕まえて「では、今後ますます努力しましょう」と、言った。

◆　❖　◆

「葉菜！　どこに行ってたの！」

部屋に戻ると、ムスッとした陽菜がいた。

「陽菜の結婚相手を探しに」

陽菜はちらりとこっちを見て、「ああ、この間言っていたこと？」と呆《あき》れた表情を見せる。

そして忌々《いまいま》しそうに、私のうしろに立つガブを睨《にら》みながら言い放った。

「なんで葉菜が出歩いたからって、私が文句《もんく》言われなきゃなんないの。心配なら首輪でもつけとけばいいのに」

どうやらガブは私と会う前にこの部屋へ来たらしく、私が勝手に出歩いていることについて陽菜に苦言を呈《てい》したようだ。

「首輪⁉　陽菜にはそういう趣味が……」

「そんなわけないでしょ⁉　それで、二人はどうして一緒にいるの？」

突然首輪とか言い出すから、驚いちゃったじゃないか。

「情報収集してたら、ガブに捕まった」

くるりと振り返り、ガブを恨《うら》みがましく見上げると、冷たい視線が降ってきた。怒ってらっしゃるようだ。

「あら。男性の情報収集をする葉菜を見るガブスティル様の反応が面白くって放っておいたんだけど、ついに力ずくでやめさせられたのね」

片方の手を口元に当てて、陽菜がにんまり笑う。

私は真面目《まじめ》にやっているのに、陽菜にしてみれば面白いことらしい。

陽菜と私は同じ顔をしているが、性格は……いろいろと違う。

例えばなにか困ったことが起きた時。陽菜はまず悲しそうな顔をする。そして、誰かに助けてもらう。決して自分で解決しない。そっちのほうが楽だからだそうだ。

陽菜は頭がいい。特に悪知恵が働く。

それから、可愛らしい仕草というやつを研究し尽くしているらしく、かなりモテる。ストレートの黒髪を、シャンプーのCMモデルくらいよく手入れしていて、周りからは清楚《せいそ》なイメージの美人と思われている。

性格は社交的で、いつも笑顔を絶《た》やさない。みんなの中心にいるようなタイプだ。

対する私は、寡黙《かもく》……らしい。そんなつもりはないのだけれど、黙って勝手に行動する一匹狼《いっぴきおおかみ》タイプだとよく言われる。それから、考えるより先に行動する癖があり、学生時代の成績表には『よく考えて行動しましょう』というコメントを先生からもらうことが多かった。

私は、大人数の中にいることは苦手だ。自立心も人一倍強く、誰かに頼りながら生きるのは不安に感じる。

こんな風に私たちは、顔のつくりは瓜二《うりふた》つだけどまったく違う。私は一人で生きていけるけれど、陽菜は無理だろう。だから陽菜の結婚相手を探しているのだ。

でも陽菜には私の真剣さがまったく伝わっていないようだし、せっかく集めた情報は無駄《むだ》になるかも……

そんな私の思考を呼んだのか、陽菜が私を見て、いたずらっ子のように小さく舌を出した。

私はとりあえず、集めた情報を書いた手帳を陽菜に広げて見せた。

さっきまで興味なさそうだったくせに、手帳は見たいらしく、ニコニコしながら覗《のぞ》き込んでくる。

「へぇぇ。こんなによく調べたね。何人に話しかけたの？」

「十人くらいかな？　会う人会う人、皆に聞いた。お薦《すす》めは誰ですかって」

そう言うと、陽菜は「頑張《がんば》ったね」とつぶやいた。私が知らない人に話しかけるのが苦手なのを知っているから、驚いたようだ。

私たちが暮らすこの場所は、神殿の一部ではあるものの王城との境目に位置する離れみたいなところ。だから、この辺りは神殿の人間も王城の人間も通るので、実に多様な話が聞けた。

「やっぱり、評判がよかったのは、王子と、ジェシール様とガブかな」

「ぷはっ。なに、王子の名前の（略）って」

陽菜が手帳の一か所を指さして笑った。

「長い」

「ヴィクトル・コンスタンチリュシューベル・アンストロペダル・カリンよ」

「え、言えるの!?　やっぱり、陽菜は王子がいいってこと？」

「ん？　ん～……」

考え込む陽菜を見て、まだこの人と決めることはできていないようだと思う。私がこの神殿から脱走できる日は遠い。

しばらく考え込んでいた陽菜が、ふと、思い付いたように顔を上げて言う。

「ガブスティル様、かな？」

陽菜が、意味ありげな目つきで私を見てきた。

だけど、私は陽菜の表情の意味を考えるより先に、その名前が出てきたことに驚いた。

「ガブ⁉　そしたら、ガブについて、もっとちゃんと調べればよかった。評判はよかったよ～」

　ガブは強いし、陽菜を守ることができるだろう。稼《かせ》ぎもいいと言っていたし、金銭面でも不安はない。

　しかも、ルックスもいいしモテないはずはないのに、女性遍歴《へんれき》も綺麗《きれい》そうだった。

　陽菜はガブに対して、にこにこしながらも当たり障《さわ》りのない会話をしているように見えたけれど、もしかしたら照れて深く話せなかっただけなのかもしれない。

　ガブも、陽菜に対してはいつも笑顔を絶《た》やさない。

　……私と話す時は、無表情なことが多いのに。または困った顔。そんなガブの困り顔を思い出した途端《とたん》、ツキンと胸が痛んだけれど、気付かないふりをした。

　そして私は振り向いて、背後に立つガブに声をかける。

「ガブ！　よかったね。今、一番結婚成就《じょうじゅ》に近いよ！」

　……無表情だった。

「なによ、少しくらい嬉しそうな顔したらいいのに」

　あるいは赤面するかと思ったのに。つまらないなと思う。私が文句《もんく》を言っても、眉間に皺《しわ》を寄せるだけで微動《びどう》だにしなかった。

「いや……本当にごめん。ここまでとは思わなかった」

　そう陽菜に声をかけられたけど、まったく意味がわからない。不思議に思って陽菜のほうに向き直ると、陽菜は両手で顔を覆《おお》っていた。

「なにが？」

と陽菜に聞くと、「葉菜とは、しばらくしゃべらない」とそっぽを向いてしまう。

私は陽菜の理不尽な言葉に、なぜだかいつもよりも苛立《いらだ》っていた。

そんな微妙に険悪な私たちの会話が一段落ついたことに気が付いてか、ガブが声をかけてくる。

「それでは、訓練の時間にしましょう」

その言葉に、私は手帳を閉じて気を引き締める。

ガブが私たちの部屋を訪ねてきた本来の目的はこれだ。私が魔力をコントロールする訓練のため。

私は、感情が高ぶると力が暴走して人を傷付けてしまう可能性があるから、きちんと使いこなせるようにならないといけない。

私は姿勢を正し、ガブに頭を下げる。

「よろしくお願いします」


ガブは、この世界に来てすぐに暴走した私の力を抑え込んだ。

魔力自体は私のほうが圧倒的に強いらしいけれど、本人が制御《せいぎょ》できていない場合、他人が抑えることもできるという。怒りに任せた衝動を抑えるのは、駄々《だだ》っ子《こ》を宥《なだ》めるようなもののようだ。

——ガブは私がトリップしてきたその日、力についてこんな風にも言っていた。

『葉菜様が自分の身に溢《あふ》れる力の使い方を知らないことは、ある意味、罪である。しかし、それは仕方のないこと。葉菜様を喚《よ》び出した我々の罪でもある』

自分の意思とは関係なく召喚《しょうかん》されたのだから、勝手な言い分にも聞こえる。でも、彼があまりにも淡々と言葉を紡《つむ》ぐから、不思議と反感を抱かなかった。

次いでガブは、私にこう言ったのである。

『しかし、二度とこのような事態を起こしたくないと思ってくれるならば……』

私の頭を撫《な》でながら、顔を覗《のぞ》き込んできた。

『私は、それを手伝おう』

力の使い方がわからないならば、覚えればいいと、無表情に言い放ったのだ。

そんなことができるのかと問うたら、『わからない』という、なんとも適当な答えが返ってきた。

目をぱちくりさせてガブを見ると、彼は目を細めて私を見た。

『力の暴走は、葉菜様が落ち着くことによっておさまった。それならば、力を使い慣れて精神を落ち着けられるようになれば、暴走しないのではないかと思うのです』

力を使ってはならないと怖がって抑え込むよりも、コントロールする方法を考えるほうが建設的だとガブは言った。

周りの人を傷付けたという事実は消せないけれど、ガブの言葉は、私を救い上げた。


——それから毎日、彼に魔法の使い方を教わっている。

今日もまたいつもの中庭へ行き、二人で訓練をするのだ。

私たちが暮らす建物の裏手には、花壇《かだん》と木々に囲まれた小さな中庭がある。ここは、静かにお茶などを楽しむための空間らしい。

そこにガブが結界を張り、私たちは訓練をしていた。

「いいですか？　大丈夫、私がいますので、ゆっくり……そう」

ガブは、うしろから私を抱きかかえるようにして両手を握《にぎ》り、力を引き出していく。

最初は、自分の中から力が出ていく感覚が怖くて仕方がなかった。気を抜けば、私の周辺が荒野と化してしまいそうな気がして。

私の震《ふる》える手から、小さな炎が立ち上《のぼ》る。

「体の中からゆっくり力を出して、少しずつ大きくします。感覚を覚えてください」

私の体内から、熱いものが指先に集まっていく。その感覚にはいまだ慣れなくて、我慢しても、呻《うめ》くような声が喉《のど》から出てしまう。

ようやく、小さな炎が私の指先に灯《とも》って……だけど、これ以上は無理だと思って、力を抜いた。

「もう少し長く保てませんか？」

息切れして、指先が震《ふる》えているというのに、ガブは無情にもそんな言葉をかけてくる。

「できるなら、そうするわよ」

脱力し、背中をガブに預《あず》けて、私はガブを見上げる。するとガブは困ったような顔をしていた。

私はムッとして眉間に皺《しわ》が寄ってしまう。

ここまでできるようになっただけでも、自分的には上出来だと思うのだ。まあ、成長速度が呆《あき》れるほど遅いのだろうが、長い目で見てほしい。ものすごく体力を使うし、失敗して暴走したら……

という恐怖心との戦いもある。

するとガブは、長い指を私の指に添わせ、手を開かせた。

その手の動きが気持ちよくて、ガブに寄りかかり、されるがままになっていた。

「……もう一度できますか？」

ぼんやりしているところを耳元でささやかれて、体が跳ねた。

「――できるわ」

体が反応してしまったことを誤魔化すように、顎《あご》を上げて傲慢《ごうまん》に言い放った。

息を吸って、背筋を伸ばす。

また両手を前に突き出すと、それに添うようにガブが私の両手を握《にぎ》る。

「力の流れを感じて。葉菜様のものでも、私のものでもいい。それがゆっくりと……明かりになる」

私の指先に、今度は炎ではない明かりが灯《とも》った。ガブが出したのかと思ったけれど、確かに私の中の力が動いたのを感じる。

「この明かりは風船です。ふわふわと舞い上がる。ゆっくり上へ……」

ガブの言葉通りに想像すると、明かりは手から離れて上がっていく。そして、しばらく上がったところで花火のように散った。

はあっと大きく息を吐くと、ガブは私の頭を撫《な》でてくれた。彼の腕の中で見上げたら、いつものように困った顔をしているけど、仕草から察するによくできましたと思ってくれているのかもしれない。

――私は、この瞬間が一番好きだ。

ガブが私に優しく触れてくれる瞬間。相変わらず笑ってはくれないし、なにを考えているのか本心はわからないけれど、大切に想われている感じがするから。

「力が入りすぎですね。もう少し肩の力を抜いてください」

そう言って、ガブは私の肩を引き寄せる。

抱きしめられているような形になり、私は固まってしまう。

「疲れましたか？」

ずっと気になっていたことだけれど、彼はボディタッチが多い。自分の頬《ほお》に逞《たくま》しい胸を押し付けられて、ときめかない女なんていないのだろうか。どういうつもりでこんなことをしているのか。

「別に」

だけど平気なふりをして、ぶっきらぼうに答えた。

私の強がりなど知る由《よし》もないガブは「そうですか。だったら、次は……」と淡々と言い放つ。

「疲れているに決まっているでしょう!?」

休憩《きゅうけい》なしで次の課題に移ろうとするガブを勢いよく見上げて叫んだ。

なんでもないふりをして流そうかと思ったけれど、駄目だ。もうヘトヘトで、このまま訓練続行なんて無理！

私を無表情に見下ろしながら、ガブは『ようやく本心を言ったか』と言うようにうなずく。

「わかっていますよ。でも、正直におっしゃらないから」

そうして、わざとらしくため息を吐いた。その態度にも私はムカムカしているというのに、噛《か》んで含めるようにゆっくりと説明する。

「いいですか？　体調などは正直に言っていただかないと困るのですよ」

『物わかりが悪いな』と言外《げんがい》に含まれたのだと感じ取った。

「悪かったわね！　疲れているわ！　だけど、誰かさんのせいで言い出せなかったのよ」

「人のせいにしないでください」

私がどんなに声を荒らげても、ガブは淡々と無表情に言葉を返してくる。

それが、まったく相手にされていないようでまた腹が立つ。

だけど、声と表情とは裏腹に、彼の手はいつも限りなく優しい。私を軽く抱き留めて、広い胸に私を寄りかからせてくれるし、いつまでも頭を撫《な》でてくれる。それだけで私は、全身の力が抜けていく。彼の手からは、癒《いや》しの力が溢《あふ》れているのかもしれない。

「……もう少し」

「承知しました」

声の調子からガブが笑ったように感じられたけれど、彼はそっぽを向いてしまったため、表情を見ることはできなかった。

覗《のぞ》き込んで表情を確認しようと視線を巡《めぐ》らせた時、陽菜がこちらに近付いてきていることに気が付いた。

ガブに寄りかかっている私を見て、陽菜が驚いたように駆け寄ってくる。

「葉菜、疲れたの？　大丈夫？」

陽菜が私に手を伸ばして、自分のほうに引き寄せた。

なにげない仕草だったけれど、陽菜は多分、私とガブを引き離したかったのだと思う。

「まだ訓練中なのですが」

ガブが陽菜に声をかけると、陽菜はにこやかにガブを見上げる。

「葉菜にあまり触らないでください」

その言葉に、陽菜が私に嫉妬《しっと》をしているのだと思った。

「葉菜様は力を使われてお疲れのようです。もう少し私が支えていたほうがいいかと」

ガブは私に向ける表情とは一転、笑みを浮かべて陽菜に答える。

その笑顔を見たら、急に泣きそうになってしまった。いつもの光景なのに、胸がギュッと詰まる。

二人だけの訓練の時間が終わってしまった寂しさもあるのかもしれない。

治癒の力を持つ陽菜は、私と違って訓練を必要としない。なんと陽菜はその器用さで、感覚的に力を使いこなすことができているようなのだ。もっとも、疲れるからという理由で、トリップした直後以外に力を使ってはいないはずだが。

私は陽菜の器用さを羨《うらや》ましく思ったものの、それで沈んでいる暇はなかった。だって、力の使い方をちゃんと覚えないと誰かを殺してしまうかもしれない。

それを防ぐために、ガブにもすごく時間を作ってもらっている。

気が付けば、いつも傍《そば》にはガブがいた。

私の力を制御《せいぎょ》できるのが彼しかいないから、仕方なしにそうしてくれているのかもしれない。

だけど、私にとっては、彼が傍《そば》にいてくれること自体が安定剤になっているような面もある。申し訳なくて――でも、嬉しくて。

毎日毎日、時間をとってもらって、やっと少しずつ力を制御《せいぎょ》できるようになってきた。壊すだけしか能のない私の力だけど、もしかしたらなにかの役に立つのかもしれないと思えるようにもなってきた。これなら、いつかは一人でも暮らしていけると自信を持てるようにも……

でも、その自信を与えてくれた人は、私には笑顔を向けない。

私の双子の妹にだけ、その優しい笑顔を向けるのだ。

胸の奥底に封じ込めていたはずの黒い想いが、ひたひたと溢《あふ》れ出る。

――トリップする前、周りの人たちから『彼氏いたことないでしょ』と何度となく聞かれた。

ええ、ないですね。好きになれそうだと思った人は皆、陽菜が好きだったたから。

だから私はいつも、明確に恋心を抱く前に諦《あきら》めてきた。傷付きたくなかったし、それでも好き……というほどではなかったから。

――こんな気持ちになったのは、ガブ以外いない。

傷付くかもしれないとわかっていても、諦《あきら》められない。

陽菜がガブのことを気になると言った途端《とたん》に自分の想いを自覚するだなんて、とんだ間抜けだ。

しかも、陽菜はこの世界にとって貴重な力を持っている。私のは、ただの爆弾だけれど。

どちらと一緒にいたほうがいいのかなんて、わかりきっている。

——初めて手のひらから炎を出現させ、自分の意思で消すことができた時、嬉しくて嬉しくて、彼を振り返った。

「できた」と言う私に、ガブはいつもの困った顔でうなずいただけだった。

その時、すぐ傍《そば》で「やったね」と歓声《かんせい》を上げた陽菜には、微笑んでいたのに……

私の前ではいつも緊張した顔をしている彼。

陽菜の前でだけ、いつもにこやかな表情の彼。

「葉菜様？」

ガブがいつも陽菜に対してにこやかに接していることに気付き、『ガブもやっぱり陽菜がいいの!?』という叫びが溢《あふ》れ出しそうになった。

そして、陽菜の選ぶ人が、ガブかもしれないと知りドキッとした。

「葉菜、どうかしたの？」

私の様子がおかしいと心配してくれる陽菜の目を見ることができない。

口を開けば泣きそうで、優しい二人の声が辛かった。

「私が抱き上げましょう」

「そういうのはセクハラよ」

陽菜とガブが笑いながら話している。

そのことに無性にイライラして、どうして私には笑ってくれないのと考え出したらとまらない。

彼に触れられることに、抱きしめられることに喜びを感じてしまった。

陽菜が彼を好きでもいい。ガブが陽菜を想っていても構わない。できる限り、こうして長く傍《そば》にいたいと願った。

私は、陽菜が好きで、ガブも好きで、二人がいっぺんに幸せになれるなら、これ以上のことはないと思う。

それなのに……こんなに自分が嫉妬《しっと》深いだなんて、初めて知ったのだ。

2

その日の夕方。食事の時間になると、王子が私たちの部屋へ呼びにきた。

今日も相変わらず、長めの緑の髪をなびかせて、キラキラしい外見である。

この世界の人々は軒並《のきな》み長身だが、中でも王子は背が高く、彼以上の人は今のところガブくらいしか見たことがない。

スラリとしたスタイルで、けれど鍛《きた》えられているのがわかる太い腕。実にスマートな身のこなしで、自然に陽菜の手を取って、甲にキスを落とした。

「やあ、陽菜、葉菜！　今日も美しいね」

「まあ」

陽菜が頬《ほお》を染めるけれど、私はじっと、そのイケメンを見ていた。どうせ私は陽菜のついでだ。

王子は、特に私の返事を必要としていない。

時々にこやかに私を見ることはあるけれど、基本的に陽菜に甘い視線を注《そそ》ぎ続けている。

「葉菜、そんなにじっと見られていると恥《は》ずかしいよ」

王子は私に営業用スマイルを向けてきた。

一応、謝る。

「ああ、すみません。不躾《ぶしつけ》でした」

多分王子は、私が王子のことを好きになって、それを知った陽菜が私のために身を引いたらどうしてくれると考えているのだろう。この王子、柔和《にゅうわ》な印象を与えるが、実際には腹黒で読めない人だ。このひと月、彼を観察した結果、私はそう判断していた。

――今日の昼間、陽菜の言葉を聞くまでは、結婚相手として最有力なのはこの王子だと思っていたんだけどな。

一番の権力者だし。多分、金持ちだし。

そんなことを考えている最中も、王子は私に構わず、ひたすら陽菜を口説いている。

王子なんだから、そんな回りくどいことをしなくても、権力で結婚に持ち込めるのではないかと思い、以前、単刀直入に聞いてみた。すると『神殿も関わってくる話だから、そう簡単にいかないんですよ』と、頭の悪い子を諭《さと》すように説明された。

この王子、本当に性格が悪いな。『君を馬鹿にしている』とゆっくりと丁寧に教えられた気分だ。

大変ムカつく奴だと思う。

そう思いながら王子を眺《なが》めていると、ドアの外で軽やかな足音がした。

しばらくすると軽くドアをノックし、ジェシール様も部屋に入ってくる。

先ほど侍女さんと一緒に居合わせた時、私の質問に不快そうに眉根を寄せていたのとは別人のような笑顔だった。

「陽菜様！　今日は夕食をご一緒させてください。よろしいですか？　葉菜様」

私を忘れていたなら、そのままでいいから。思い出したように名前を付け加えるな。

ジェシール様は一見クールに見えるイケメン顔を、陽菜の前でだけ甘く蕩《とろ》けさせる。

ここの男性陣は露骨《ろこつ》に態度に出しすぎじゃないかな？　これがこちらの世界の文化なのだろうか。

夕食の席には、今日みたいに王子が同伴《どうはん》したり、ジェシール様がいたりする。

他にも陽菜と共に食事をしたいと言う男性はもちろん多いのだが、この二人がいると、それは無理だ。王子と一緒に食卓を囲める者の身分は限られる。

ジェシール様は神官長補佐だから、王子も拒否はできないらしいのだ。

ちなみにガブは、身分的には難しいのだろうが、護衛なので食事の時にも同じ室内にはいる。

この三人が、陽菜の気を引こうと、あれこれと話しかけ、攻防戦が繰り広げられている。

陽菜がそれぞれに話しかけられ、微笑みかけられる様子を見ながら食堂まで向かい、席に着く。

陽菜の両隣には王子とジェシール様が座り、私は陽菜の向かいの席に座った。陽菜は両側から話しかけられて、さらに護衛のために立ってる奴には見つめられて、さぞ食べにくいだろうなあと思いながら私は淡々と食事をいただいていた。

――この高スペックな求婚者たちから、陽菜は誰を選ぶだろう。

いろいろ調査してみたものの、結局、すべてがハイクラスで、誰を選んでもいいと思う。

名前が長いことと性格以外は完璧《かんぺき》で、最有望株の王子。

見た目は一番だと思う神官長補佐のジェシール様は、王子と並ぶほどの権力を有しているようだ。

身分等は他二人に劣《おと》るものの、強さは一級品の近衛《このえ》騎士団長付き補佐官。守るという一点で考えた場合、ガブに任せれば間違いないだろう。

本当に、誰を選んでもいいと思っていたのだ。

……今日の昼間、自分の気持ちに気が付くまでは。

嘘。本当は、ずっとずっと前から気が付いていたのに、気が付いていないふりをし続けていた。

そうでないと、息もできないほどの嫉妬《しっと》に苦しめられると、無意識のうちにわかっていたのかもしれない。

王子とジェシール様を見ながら、私は陽菜に調査内容をまとめた手帳を見せた時のことを思い出していた。

陽菜が、ガブの名前を出した時の衝撃。

その時は、陽菜が相手を決めてくれて嬉しいと思おうとした。

でも、思えるはずがなかった。彼に笑顔を向けられる陽菜が、羨《うらや》ましくて仕方がなかった。

もう自分を偽《いつわ》ることはできない。陽菜がガブを好きだと知り、私は落ち込んでいる。

陽菜は、王子を選ぶと思っていた。

ガブがフラれるのを喜んでいたわけではない。――だけど、望んではいたのかもしれない。

私はガブに、この世界でずっとお世話になってきたから、ガブが愛する陽菜と幸せになるならば、反対する理由はない。

戦争を止めるために呼び出された巫女同士が争うわけにはいかないし、私が黙って身を引けばいいだけの話だ。私は、この場所に必要ない。

――そうしたら、この二人がフラれるのか。

陽菜を挟んで、楽しそうに食事をする王子とジェシール様を眺《なが》める。

ふーーーっと、自然と大きなため息が出た。

ふと、私のうしろにいたガブが、陽菜の背後に回った。

どうしたのかと思ったが、陽菜にはガブの行動の理由がわかったらしい。

「そこにいらっしゃっても、視界には入りませんわよ？」

「……それはわからないでしょう？」

陽菜の挑発するような口調に、ガブが気に入らなそうに答えた。

ガブは、王子とジェシール様に嫉妬《しっと》したのだろう。だから、陽菜の傍《そば》に移動したに違いない。

私は大きく息を吸って、こぼれそうになる涙を必死で呑み込んだ。

もう、陽菜とガブを見ていることもできない。

「ほら、無視された。可哀想」

うふふと、陽菜は小鳥がさえずるような可愛らしい笑い声を上げた。

それに応えるガブの笑い声なんか聞きたくなくて、私は二人の話を遮《さえぎ》るように声をかけた。

「ご馳走様《ちそうさま》でした。陽菜、先に部屋に戻るよ」

「うん。葉菜、気を付けてね」

「……？　うん」

気を付けるって、なにに？　城内で危険な目に遭《あ》うことなんてほとんどないだろう。陽菜の言葉に違和感を受けつつ、立ち上がった。今はこの場から逃げたい。

そう思っていたのに、するっと横にガブがついてくる。

「あ、ごめん。私はいいから、陽菜についてて」

そういえば、ガブは私の警護もしないといけないから、陽菜と離れると手を煩《わずら》わせてしまうのだった。ガブが私についてくるとなると、陽菜用にもう一人警護を配置しなければならない。

私の力が暴走した時に止められるのはガブしかいないので、必然的にガブが私についてくることが多い。

結果的に、ガブが陽菜の傍《そば》にいることを邪魔《じゃま》する形になってしまっていたわけだ。ガブだって陽菜のことが好きなのに、ライバルの王子とジェシール様と一緒にいる場から自分だけ退散しなければならないのは辛いだろう。私は気を遣《つか》ったつもりでそう言ったのだけれど、なんだか気に入らなそうに睨《にら》み付けられてしまった。

……もしかして、この機会に私がここから脱走しないかと疑っているのかも。

「今日はまだ、逃げないから」

昼間話したことを思い出し、泣きそうになりながらもおどけてみせる。するとガブは、眉間に皺《しわ》を寄せて、さらにこちらを睨《にら》み付けてきた。

「いえ、少々お話があります」

話？　怒られるようなことは、してないと思うのだけれど。

まったく見当もつかないものの、ガブの怒りの表情にビビりながら、うなずく。

そうして陽菜たちに退室の挨拶《あいさつ》をしてから、食堂をあとにした。

部屋から出る時に、「まあ、意地悪しすぎちゃったかしら？」と、舌を出している陽菜が見えたが、まったく意味がわからない。

かくして私は、不機嫌なガブと私たちの部屋へ向かうことになった。


「葉菜様は、殿下がお好きですか？」

私たちの部屋へと歩きながら、ガブがいきなり聞いてきた。

突然の質問に驚いてガブを見上げながら否定する。

「はあ？　いや、ないよ。ない。王妃なんて役割、担《にな》うのも嫌だし」

「先ほど殿下を、じっと見つめられていたようでしたので」

「……！」

気付かれていたのか。

王子とジェシール様を見て『この人たちも、私と同じように失恋なんだなあ』とか思いながら、ちょっと切なくなっていたのだ。その表情を見られていただなんて、ものすごく恥《は》ずかしい。しかもなんか勘違いされているなんて、さらに微妙である。

「王妃という役割がなければ、殿下と添いたいと？」

「だから、ないって」

しつこいな！

この話題、一刻でも早く終わらせられないかな。さっきまでの自分が考えていたことを思い返すと恥《は》ずかしすぎて、顔が熱くなっているのがわかった。

くっそ、多分、顔が真っ赤だ。柄《がら》でもないと思う。

——それにしても、どうして私は陽菜と同じ人を好きになってしまったのだろう。陽菜は私にとって、大好きな唯一の肉親。両親が亡くなってから、ずっと二人で力を合わせてきた。恋だのなんだのが理由で憎《にく》むようなことになりたくない。

陽菜との関係がぎこちなくなったりしたら、私は、もう笑えなくなってしまう。

この世界で一番失ってはいけない人は、陽菜だ。

「では、ジェシール様？」

尋問《じんもん》のようなガブの言葉に、イライラしてきた。この質問になんの意味があるのだろう。陽菜を口説きたいのなら、私なんて放っておいて口説けばいい。

顔が熱いまま、ガブを睨《にら》み上げた。こういう時、身長の差が恨《うら》めしい。小さな子が大人を睨《にら》み付

そう。

途端《とたん》に頭に血が上《のぼ》るのがわかった。音がしそうなくらい急激に顔に熱が集まって、顔から火が出

なんだって、そんなことに気が付いてんの⁉

無表情に返された言葉に、一瞬息が止まった。

「お二方を見る時、見たことがないような切ない表情をされていたので」

恥《は》ずかしさもあって、八つ当たり気味に返事をした。

「なんなの？　違うと言ってるでしょ？」

けているような絵面《えづら》になってしまう。

陽菜が好きなら、陽菜だけ見ていればいいのに！　――私も見ていてくれたなんて。

たったそれだけのことに喜びを見出《みいだ》してしまった自分が情けなくて叫んだ。

「うるさいっ！　放っておいて！」

恥《は》ずかしさと怒りで動揺して、力が飛び出てしまった。

ピヒュッ。

軽い音と共に、チッと、舌打ちが聞こえた。

顔を上げると、腕に切り傷を負っているガブがいる。

ガブの腕から流れる一筋の血を見て、私は気が遠くなりそうだった。

私は、今、なにをした？

熱かった顔から、一瞬にして血の気が引いた。

こんなくだらないことで力を発動させて、人を傷付けるだなんて。

「油断しました。私の未熟さの責《せき》です」

無表情で告《つ》げる彼の言葉に、泣き出してしまいそうで声が出せない。私は首を振ることしかできなかった。

必死で首を振る私の顔を、彼が心配そうに覗《のぞ》き込んでくる。その顔に、さっきまでの怒りの色はなかった。

「私が他のことに気を取られていたせいで負った傷です」

普段ならば、軽く避けられた。あなたのせいではないという言葉に、丸ごとのっかってしまいたいけれど、こんなに尽力してくれた人にする態度ではない。

「あなたが気にしなければならないことではない」

苦々しい口調で言う、ガブの腕を取った。

「ごめん……陽菜のとこに行って治癒を……」

「いえ。必要ありません。かすり傷です」

でも、血が出ている。私が、傷付けた。

「別に痛くもないから……泣かないでください」

「ごめんっ……！」

頬《ほお》を流れる涙を優しく掬《すく》い取られて、嗚咽《おえつ》をこらえられなかった。

私は完全に人間兵器だ。しかも、コントロール不能の。

山奥に。森の深層部に。無人島に。

——お願い、私を一人で放り出して。

「……では、治療してください」

ガブの声に、俯《うつむ》けてしまっていた顔を上げた。

「あ、うん。陽菜のところへ……」

「陽菜様のお手を煩《わずら》わせるまでもない。消毒薬で充分です」

「あ、そか……」

陽菜の体のことを考えて、治癒術をなるべく使わせたくないと思っていたはずなのに、咄嗟《とっさ》に頼ることを考えてしまっていた。

でも、そうだ。普通、治療と言ったら薬だ。ところで、消毒薬ってどこにあるんだろう。私たちの部屋にはない。

「私の部屋に来ていただけますか？」

「ああ、うん。いいよ」

そうか、護衛という職業上、怪我《けが》をすることも多いだろうし、ガブの部屋にはそういう薬が常備されているのだろう。

そしてガブは、私の罪悪感を軽くするために、自分でも治療はできるけれど、私に手当をお願いしてくれたのだ……と思った。

3

うん、私の罪悪感を軽くするために、私に手当をお願いしてくれたのだ。

きっとそのはず。

大事なことなので二回言いました。

「あれ？　この体勢おかしくないかな」

「そうですか？　一番やりやすい体勢でしょう？」

そうか。——そうなのか？

目の前には、傷付いた腕がある。

それはいい。

私が包帯《ほうたい》と薬を持っている。

それもいい。

だけど、私が座っているのが、ガブの膝《ひざ》の上なのは……なぜ？

ガブがうしろから私を抱きかかえて、私のお腹の前に腕を回して抱き寄せている。

「患部《かんぶ》が近くなって、治療がしやすいと思います」

「な……なる、ほど？」

体の密着度が半端《はんぱ》ない。こっちの世界ではこれが一般的なのか？

背中にはガブの体温を、耳には彼の吐息を感じる。

――まずい。顔が熱い。さっきよりも熱い気がする。

治療のためだというのに、ガブの体を意識してしまう自分が申し訳ない。

これ以上ガブに迷惑をかけるわけにはいかない。さっさと終わらせようと、消毒液をささっとふりかけて、包帯《ほうたい》を腕に当てた。

血は出ているけれど、ガブが言っていた通り、あまり深い傷ではなさそうだ。

ちょっとほっとして、手際よく終わらせようとしていたのに――

「……痛い。もう少し優しくしてください」

ガブの弱った声に、びくりと体が跳ねた。

しかも、痛みがひどくて力《りき》んだのか、私を抱き寄せる腕に力がこもった気がする。

「えっ、えっ？　痛いの？」

聞けば、私の肩口にガブの頭が下りてきて、こくこくとうなずいている。なんか、頬《ほお》ずりされているような気分だ。

「やっぱり、陽菜のところへ行こう。痛みが長引くなんて……」

さっき私が飛ばした魔力が、傷口に悪い作用を及ぼしているのかもしれない。

急いで彼の膝《ひざ》から下りようとしたけれど……動けなかった。

「ちょっと、ガブ。離して」

「無理です」

「そんなに痛いのっ？　それなら陽菜を呼んでくる」

「嫌です。あそこには、殿下とジェシール様がいる」

間髪《かんはつ》容《い》れずに返ってきた言葉に、目を瞬《またた》かせた。

「だったら二人は連れてこないから、陽菜だけここに呼んできて……」

そう言いながら、よいしょよいしょと彼の腕から抜け出そうと体をよじった。

「——最悪です」

苦しそうな声がして、ちゅ……と、濡《ぬ》れた音が首筋で響いた。

「ちょ……っ？」

なになになに？　なにしてんのっ？

痛がっているはずの腕が動いて、抱きしめられてしまった。

「ようやく部屋に連れ込めたのに、まったく意識してもらえないなんて」

「はあ？」

両腕でお腹を抱き込まれて、まったく動けない。仕方なく、駄々《だだ》をこねるようなことを言うガブに、首だけで振り返る。

——まずった。

鼻が触れ合うほど近くに顔がある。驚きすぎて固まった。

思考回路がショートして、なにも考えられない。

「キスしてもいいですか？」

「ダメでしょ！」

どうしてそんな、わけわかんないこと言うの!?

「葉菜様……したい」

ちょおっとおぉ!?

私が返事をする前に、頬《ほお》や目元、鼻の頭にキスされる。ちゅちゅちゅと軽く、顔中にガブの口づけが降ってきた。

男の人にこんなことをされるのは、生まれて初めてだ。緊張と驚きで、痛いほど胸が高鳴る。ていうか、あれ？　ちょっと、腕が痛いとか嘘だったんでしょう。痛いはずの腕に思いっきり力を込めて、私を拘束《こうそく》してくる。

「陽菜、陽菜はっ？」

ガブは陽菜が好きなんじゃないの？　なんで私にキスをするの!?

混乱する私を無視して、ガブは気に入らなそうに眉根を寄せたまま顔を近付けてくる。

「彼女はまだ食堂でしょう。殿下たちといるので放っておいたらいい」

それは嫉妬《しっと》的な言葉？

陽菜が他の男と一緒にいるのを思い出したくない、というような……

それならなおさら、なぜ私の頬《ほお》を舐《な》めるの!?

彼の吐息が耳を掠《かす》めていって、反射的に声が出そうになってしまった。

本当、なにしてんのっ！

「きっ、気になるでしょ？　陽菜が」

「……？　別に」

なぜ、そこで彼女の名前を出すのかわからないと言いたげに、ガブは首を傾げた。

「……へ？」

「白姫だから警護していますが、芝居《しばい》がかった仕草が少々苦手です」

——あ、あれ？

じゃあ、いつも陽菜にだけ向けていた笑顔の意味は？　私にはいつも無表情だったのに。

「あなたとだけ、一日中一緒にいたい……。こうして触れ合って」

いやいやいやいやいや。ガブさんや、ちょっと落ち着いてください。

私の頭がついていってないので、抱きしめないでください。あぁぁ、押《お》し退《の》けるには力が足りないっ。

頬《ほお》に唇が落とされるたびに、首筋を舐《な》められるたびに、私の力は抜けていく。

「ふっ……んぅ、ダメってば！」

我慢していた恥《は》ずかしい声が、吐息と共に出てしまった。その声を聞いたガブが、首筋に吸いついてきた。

ガブを止めようとしているのに、どんどん体から力が抜けていってしまう。

本当、どういうこと？　頭の中も心の中もぐちゃぐちゃで上手くまとまらない。

ガブは陽菜を好きじゃなかった？

陽菜ではなく私を好きだと言ってくれているの？

こんな不愛想で、身なりに構わない女の子らしくない私を選ぶはずがないと理性が叫ぶ。

——なのに、見つめられる熱い視線が嬉しくて、そんな自分が嫌になる。

ガブの表情や言葉に、意識のすべてが持っていかれてしまう。

「葉菜……好きだ。ここから出て行く気なら、私も一緒に行きたい」

必ず守ると耳元でささやかれて、さらに顔が熱くなる。カブの突然の呼び捨てと、くだけた口調に息を呑んだ。ガブが私の表情を見て「悪いか？」と聞くので、音が出そうなくらい首を横に振った。むしろ……嬉しい。だけど、もはや今の私は、赤を通り越して黒ずんだ顔色をしているのではないだろうか。熱くなりすぎて、焦《こ》げ始めている気がする。

「ままっ……ま、待って！　頭が整理できない！　ちょっと陽菜のところに……」

一度落ち着きたい。

恋を自覚し、失恋……かと思いきや告白されるって、展開が早すぎて心臓がもたない！

それに、陽菜もガブがいいと言っていた。もし陽菜も本気なら、この状況に浮かれてばかりはいられない。きちんと話して、今後のことを決めなければ。それで万が一、陽菜が本気じゃなかったら……

もしも、もしも、叶《かな》うならば。

私は彼を好きでいてもいいだろうか。

とにかく陽菜と話がしたい。いずれにしても、まずはそれからだ。

「嫌だ」

そう言って頬《ほお》ずりしてくるガブにほだされそうになってしまう。

どうしてそんなに可愛い仕草をするのっ!?

普段の無表情キャラはどこへ行ったの？

「ダメだって。陽菜のとこで話がしたいのっ」

押《お》し退《の》けながら言うと、ガブの瞳に剣呑《けんのん》な光が宿《やど》る。

「……嫌だと何度言えばわかる？　それとも、私から逃れて二人に助けてもらいに行く？」

二人っ？　陽菜は一人だよ。

「誰にも渡さない」

抱きしめられて、首筋に舌を這《は》わされる。

「ひゃぁっ！」

背筋がぞわっとして、変な声が出てしまった。

さっきまでの啄《ついば》むような軽いものとは明らかに違う舌遣いに、背筋を快感が駆け上《のぼ》った。

このままじゃ、流されてしまう！　ガブの腕の中が心地よすぎて、快感が引き出されすぎている。

でも、流されてはダメだと、理性を引っ張ってきて叫んだ。

「とっ……とりあえず、誰にも渡さないっていうのはいい！　それでもいいから!!」

ガブの要求の一部を呑んだ。

誰のものにもなるつもりはなかったし！　陽菜のお相手を見つけたあとは、一人森の奥深くで暮らそうかと思っていたからね。

「いったん陽菜のところに行かせて。ちゃんとここに戻ってくるから。今はとにかく頭を落ち着かせてぇ」

そう大声で言うと、ガブの動きが止まった。

だけど、ガブの息遣いに、気を抜くとあられもない声が出そうで、喉《のど》に力を入れたまま目を閉じる。

「……戻ってくる？」

気が抜けたようなガブの声が聞こえて、涙が滲《にじ》む目を開けると、驚いたような顔をした彼がこちらを覗《のぞ》き込んでいた。

さっきまでの無駄《むだ》な迫力というか、色気はない。

そのことに安心して、私は少し力を抜いた。

「え、うん」

呆然《ぼうぜん》としているガブの顔を見て、私は首を傾げながらも返事をした。

でも返事の途中で、ガブが驚いた表情をしている理由に思い至って慌てて首を横に振った。

「……はっ！　戻ってくるって言っても、今晩このあとじゃないよ？　後日改めて。夜はダメだよ」

夜遅くに訪問したら、この雰囲気からして大変な事態になってしまいそうな気がするからね！

ガブがなにも反論しないのを見て、ほっとして笑って言う。

「陽菜と話に行かせてね」

彼は目を細めて私を見ながら、なにか考えているようだった。

そうして、ふっと、少し意地悪な顔で笑う。

「じゃあ、その前にキスだけ」

「さっきからすでに、あっちこっちしてる！」

思わず叫んで言い返した。ダメじゃん！　お色気モードは終わったと思ったのに！

「していない」

ものすごく不満そうな顔をされた。

さっきまで首筋とか頬《ほお》とかにしていたのは、キスにカウントしないってこと？

「葉菜……好きだ」

…………………………好きな人に、ですよ？

膝《ひざ》の上に抱きかかえられて、頬《ほお》に手を添えられて、切ない声で懇願《こんがん》するように顔を覗《のぞ》き込まれて、嫌と言えますか!?　すみません、私は言えませんでした！

今、私はガブにキスをされたいのだと心が叫んでいる。

「ど……う、ぞ」

もう聞こえなきゃ聞こえないでいいやくらいの想いで口にした許可の言葉は、しっかりと届いたらしい。

私は初めてガブの満面の笑みを見た。

うっかり見惚《みと》れてしまう。

それから、そうっと触れてきた唇は、とても熱かった。

柔《やわ》らかく唇が重なって、離れる……かと思いきや、もう一度。……さらにもう一度。

啄《ついば》むように触れては離れていく唇。いたずらをするように唇に歯を立てられて、驚いた瞬間に口の中に彼の舌が入ってきた。

唇で食《は》んでみたり、吸ってみたり舐《な》めてみたり……

——って、長い！

「もう終わり！」

死ぬ。これ以上は羞恥《しゅうち》で死ぬ。

ガブの顔を両手で押《お》し退《の》けて宣言する。すると彼は、驚いた顔をしていた。

「え。まだあんまり舌を入れてない」

「初心者相手に馬鹿かっ！」

不満そうな声に、思わず怒鳴《どな》ってしまった。

ガブと今したのが、正真正銘《しょうしんしょうめい》私のファーストキス。そんなロマンチックなシチュエーションの直後に怒鳴《どな》る女がどこにいるんだ。もう、泣きたい。

「初心者……」

ぽつりとつぶやく声に顔を上げると、ガブはなにやら考え込んでいる。

え、なに。初心者と思われてなかったの。それは……前もって申告せずにすみませんでした？

馬鹿なことを考えている間に、ガブの腕にぐっと力が入った。

「やっぱりもう一回」

「ふぅんん～～？」

突然、唇に噛《か》みつかれた。私の文句《もんく》はガブの口の中に消えていく。

もう、なにが彼の暴走スイッチなのかわかりません……

ガブの舌が、丁寧に歯列《しれつ》を辿《たど》り、口の中をすべて味わい尽くそうとするかのように動く。その動きに、私は感じたことのない感覚を呼び起こされて戸惑う。

むずがゆいような快感が背筋を伝《つた》った。

くちゅ、ぴちゃ……。湿った音と、私とガブの息遣いだけが部屋に響いている。

上手く息ができなくて顔を逸《そ》らすと唇が離れ、二人の間に透明の糸が垂れた。

その光景がなんだかとても卑猥《ひわい》に見えて顔を熱くしていると、ガブが笑うような気配がした。

彼の笑顔を見たくて視線を戻したところ、また口を塞《ふさ》がれた。

「ふぁ……も、くるしっ……！」

どうにかガブを押《お》し退《の》けて言ったら、ガブの唇は、そのまま私の耳へ移動する。

ガブの舌が私の耳の形をなぞるように動くと、背中にぞくぞくする感覚が走った。

「は、ぁん……っ」

自分の口から漏《も》れた声のいやらしさに驚いて、思わず息を止める。

「葉菜？」

耳元で熱い息を吐きながら私の名前を呼ぶ声に、また反応してしまう。

「んっ……！」

体がびくんと震《ふる》えて、体がばねのように伸びた。

声も体の反応も全部が恥《は》ずかしくて、ガブから逃げようとしてみるけれど、優しい腕に阻《はば》まれてできない。

さほど力を入れているように思えないのに、押してもびくともしない。

それからガブの指は、私の胸へと移動した。

服の裾《すそ》から入ってきたガブの手が直接胸に触れて、その熱さに驚く。

「あっ……！　がぶ……んぅ」

私にしゃべらせまいとするかのように、ガブの舌は執拗《しつよう》に私の口内を動き回る。

その間にも、服の中に入り込んできた手は、胸を優しく包み込む。それから太い指で中心を軽くつまんだ。

電気が体を走り抜けるような感覚。痛みと似ているけれど、ちょっと違う。

目には涙が滲《にじ》んでガブがよく見えない。彼の荒い息遣いに、ぞくぞくするような興奮を覚えてしまっていた。

ガブの親指が遊ぶように中心をこねて、触られていない場所にまでむずむずする感覚が広がる。

「あ……だ、めぇ。がぶぅ」

どうにかなってしまいそうだ。もうすでに、どうにかなってしまっている気もするけれど。

自分の口から出る声が甘くて恥《は》ずかしいのに、それ以外の声は出せない。

「葉菜。可愛い」

低い声で、口の中に吹き込むようにささやかれて、嬉しくて頬《ほお》が緩む。

ガブに褒《ほ》められると、やっぱり嬉しい。

「葉菜……」

私の胸をいじっていたガブの手が足のほうへ移動して、私を抱きしめるもう片方の手にも力がこもった。

思わず腕をガブの首に回した瞬間、ガブの体にさらに力が加わって、苦しいくらいに強く抱きしめられた。

何度も耳元で名前を呼ばれ、体の熱は高まって、もどかしいような感覚がせり上がってきてしまう。

恥《は》ずかしいけれど、自分ではどうしようもなくてガブに擦《す》り寄ると、ガブの手がスカートの中に入ってきた。びくんと体が揺れる。

宥《なだ》めるようにキスを降らしてくるガブを遮《さえぎ》ろうとは思えなかった。

内股をなぞり、まさにショーツに手が触れそうになった時――ガブの体にぴくっと緊張が走った。

次の瞬間、ガブがするりと立ち上がって私は一人で椅子《いす》に座らされる。

突然なにがあったのかと、ガブを見上げて首を傾げていると、ガブはいつもの困った顔でため息を吐いた。

そこに、ノックの音が鳴り響く。

驚いて、思わず椅子《いす》から飛び上がった。そんな古典的な動作をしてしまったことに少し照れる。

そんな私を見て、ガブは名残惜《なごりお》しそうに私のおでこにキスをしてからドアを開けにいった。

私が両手で顔を覆《おお》って縮こまっていると、陽菜が飛び込んできた。

怒ったような表情の陽菜を見て、私は血の気が引いていく。

「あ……」

なにかを言わなければと口を開いてみたものの、なんて言っていいのかわからなかった。

ついさっきまで、ガブに触れられて喜んでいたのだ。大切な妹のことを忘れて。

襲《おそ》い掛かってくる罪悪感に胸が苦しくて、胸元をぎゅっと握《にぎ》りしめた。

為《な》す術《すべ》もなく陽菜を見つめ続けていると、私の視線の先で、陽菜がほっと頬《ほお》を緩ませた。

「葉菜！　よかった。私たちの部屋にいないから心配したのよ」

陽菜の心配する言葉が、さらに胸を締め付ける。

「ごめん……」

絞《しぼ》り出した声は思った以上に掠《かす》れていたけれど、私はなんとか謝った。

「もう、気を付けてねって言ったじゃない」

ホッとした表情から一転、眉をひそめる陽菜の顔を見ていられない。私は俯《うつむ》き加減で言う。

「うん。あ、でも大丈夫だよ。危険なことなんて……」

「嘘！　部屋に連れ込まれてるじゃない！」

陽菜が、しっかりしてというように、私の肩を持って揺さぶる。

連れ込まれ……？　え、私がガブの部屋にってこと!?

混乱する私をよそに、陽菜はガブに向き直って叫んだ。

「この、むっつりスケベ！　私の葉菜になにしたのよ!?」

それは違うと否定しようとしたのに、ガブが陽菜を挑発するように笑った。

「私のものになったんです」

なにがっ!?　え？　え？　どういうこと？

睨《にら》み合う二人の間であたふたしていると、陽菜が涙目で私を覗《のぞ》き込んできた。

「葉菜がこのむっつりに攫《さら》われないように、いつも気を付けてたのにぃ」

陽菜が私をぎゅうっと抱きしめる。

私は頭が回らないなりに、陽菜を抱き返しながら聞いた。

「陽菜は、ガブが好きなんじゃないの？」

そう言った途端《とたん》、陽菜は顔をしかめて言った。「あり得ない」と。

「最初からガブスティル様は、葉菜を狙ってたじゃない。セクハラしながら」

陽菜とガブは敵対関係にあると説明してくれた。理由は主に、私の取り合いで。

いまだに頭が回らないけど、一つだけ、一番確認したかったことがわかった。

陽菜は、ガブを好きなわけじゃない。私は、陽菜のライバルにならない。

――私、ガブを好きでいていいんだ。

急に幸せが膨《ふく》れ上がって涙を浮かべる私を見て、陽菜が嫌そうに顔をしかめた。

「気を付けてって言ったでしょ？」

え、食堂を出る時に言っていた『気を付けて』って、そういう意味⁉

「な、なんで……？」

こうなるって、予想してたってこと？

「葉菜があんまりにも切なそうな顔でジェシール様と殿下を見るからよ。嫉妬《しっと》にかられたその護衛が怖いったら」

ため息と共に言葉を吐き出してから、わざとらしく科《しな》を作り――

「陽菜、怖くて泣きそうだった」

と、手を口元に持っていき、涙を浮かべて言う。陽菜、普段は自分のことを「陽菜」なんて言わないじゃない。こういう時に咄嗟《とっさ》に涙が流せるあたり、やっぱり器用だな、と思う。

「私が嫉妬《しっと》したなんて、気のせいではないですか？」

にこやかに陽菜に対峙《たいじ》するガブ。

「ここに私が一人で来たのはなぜだと思うの？　あとの二人は、今日ガブスティル様に会ったら殺されそうだから遠慮《えんりょ》すると言っていたからよ？」

ちなみに、そこの廊下までは送ってもらったらしいが、突然「これ以上進んだら真面目《まじめ》に殺されるので、お一人でお願いします」と言われてしまったそうだ。

あの二人が、陽菜を進んで一人にするなんてと、私が驚いて目を見開くと、陽菜がガブを睨《にら》んだ。

「殿下たちは、葉菜を追って食堂を出る時のガブスティル様の切羽詰《せっぱつ》まった様子から、その後の展開を察したのでしょう。私も二人と同感よ。……ガブスティル様、絶対葉菜になにかしましたね？」

さらによくよく話を聞いてみたところ、王子が、私からの視線を嫌がるのはガブのせいだと言う。ガブが私に近付く男を威嚇《いかく》しているらしい。

「え？　え？　だけど、王子が私を避けるのって、結構最初から……」

「そうよ。だってガブスティル様は最初から……。そんなことにも気付けないなんて、鈍感で可哀想な葉菜！」

陽菜が腕を広げて駆け寄ってくるが、陽菜と抱擁《ほうよう》を交わす直前に、突然抱き上げられて拘束《こうそく》された。

視線を上げると、ガブが笑みを貼り付けたまま陽菜を見つめていた。

「もう手に入れたので、あなたにも触らせません」

……つまり、ガブの陽菜に対する笑顔は、牽制《けんせい》のためのものだってこと？

「その笑顔、本当にムカつく。腕力があればぶん殴るのに」

陽菜さーん!?　素が出ていますけど!?

「無理ですね。私の力を侮《あなど》らないでいただきたい。触れることさえさせません」

ガブが見せつけるように笑顔で頬《ほお》にキスしてくるんですけど!?

「ガ、ガブ……！」

「うん？　もう一回」

さっきたくさんしましたよ！

驚きのあまり声が出ないため、腕に少しばかり魔力を込めて押《お》し退《の》けてしまった。

うん。妹にキスシーン晒《さら》すとか、無理だから！　なんなの、苦行⁉　陽菜の視線が痛い。

「陽菜様、お部屋までお送りしましょう」

ガブがそう言って指をぱちんと鳴らしたところ、小さな光に包まれた魔法の小鳥が現れた。

すると、嫌そうな陽菜の声が聞こえてくる。

「私に一人で部屋に帰れというの？　葉菜も返して」

「嫌です」

きっぱりとガブが答えた。そして、ぎゅううっと強く抱きしめられる。

嫌って？　嫌ってことは……ガブは私に部屋に戻らないでほしいってことで……あれ⁉　戸惑いながらも、ガブの腕の中が居心地よくて、されるがままになっていた。

「そ、そうしたら、私は……」

どうなるの？　と、問いかける前に、ガブの視線が甘く蕩《とろ》ける。

私の頬《ほお》を撫《な》でるガブの手のひらに幸せを感じて、つられて微笑んだ。

「もぉう！　姉のそんな表情、見ているこっちが恥《は》ずかしいわ！」

陽菜の怒鳴《どな》り声で、はっと我に返る。

うっとりしている場合じゃない。いくらガブの優しい微笑みがレアでも、陽菜がいるのに見惚《みと》れていていいわけがない！

羞恥《しゅうち》で熱くなった顔で陽菜のほうを見ると、肩をいからせて小鳥と一緒に廊下に出ようとしていた。

「陽菜っ⁉」

慌てて声をかけたら、眉間に皺《しわ》を寄せて頬《ほお》を膨《ふく》らませた陽菜が振り返った。

「葉菜、明日詳しく話を聞くわ」

詳しく……って、なんの話を⁉　妹になにを話せというの⁉

「ガブスティル様、今日だけですからね。明日からは……負けませんわ」

私が慌てている間に、陽菜は人差し指をつき立て、ガブを指さして宣言した。顎《あご》を上げて傲慢《ごうまん》に言い放つ陽菜と、その視線を受けても嘲《あざけ》るような視線で返すガブ。私は呆然《ぼうぜん》とするほかない。

「じゃあね」

そう言って陽菜は、部屋から出ていった。


陽菜が部屋に戻ってしまったから、ガブの部屋で二人きり。

どう振る舞っていいのかわからなくて、もじもじとガブを見上げたところ、すごく嬉しそうな視線が降ってくる。

そんなガブの表情に頬《ほお》を熱くしていると、その頬《ほお》に柔《やわ》らかくキスをされた。

「可愛い……。そんな可愛い顔、他でしないようにしろよ」

どんな表情をしていいのかわからなくて、口を引き結ぶ。するとガブが軽く笑った。

「キスしてもいい？」

さっきから何度もしてるよね⁉　……どうやらガブは唇同士でするキス以外、キスと認めていないことがはっきりした。

「う……んむっ……んぅっ」

もう、返事してないのに！

ガブの舌が喜び勇《いさ》んで私の口内を駆け回る。あんまり強く絡みついてくるから、驚いて舌を引っ込めると、逃げないようにと、ちゅうっと吸われた。

頭の奥がぼうっとして、首筋から腰までに、じんと痺《しび》れるような感触が走り抜けた。恥《は》ずかしい吐息がこぼれる。

「葉菜……」

息継ぎの合間に、甘く名前を呼ばれた。

「ガブ……」

ガブの声にうっとりしながら、近付いてくる顔に手を添えてキスをねだった。もっとたくさん触れられたい。そんなことを思った瞬間——

「ちょっ……⁉」

突然ガブに抱えられて、奥の部屋に運ばれた。

「ガブ⁉」

奥の部屋――寝室に辿《たど》り着いたところで大慌てで呼びかけるものの、返答はない。

ガブはなにも言わずに、口を引き結んだまま、まっすぐにベッドへと向かう。

目的地に到着し、ふわりと軽く下ろされた。

「葉菜、どうして逃げようとしているんだ」

「当たり前でしょ!?　なんでいきなり寝室にくるの!?」

覆《おお》いかぶさってくるガブから離れようともがく。するとガブから、気に入らないと言うような視線が降ってくる。

ちょっと、展開が早すぎやしないか！

「葉菜、抱きたい」

『きちんと言葉にしないと理解できないのか、無粋《ぶすい》な奴め』とでも思われているような気がする。

私はちょっと悔《くや》しくて、頑張《がんば》ってガブを睨《にら》み付けた。なんでこんな恥《は》ずかしいことを真顔で言えるのだろう、この男は。

こちとら「恋人いない歴＝《イコール》年齢」の処女で、こういう経験はまったくないのだから仕方ないじゃないか。

「ダメっ！」

上着を脱ぎ始めたガブをちらちらと横目で見ながら拒否の言葉を叫ぶ。しかしガブは聞いちゃあいない。

自分の服を脱ぐのとは反対の手で、簡単に私の肩を抱き寄せ口を塞《ふさ》ぐ。

ついさっきファーストキスを経験したばかりだというのに、もう何度もされ、すでにこの感触に慣れてしまいそうだ。そんなことを考えているうち、口内ににゅるりと舌が忍び込んでくる。

舌を引きずり出され、強引に舌を絡められ、背筋が震《ふる》える。

「葉菜は、私のことが好きだということでいいんだよな」

少しだけ唇を離して問いかけられた言葉を、私はぼんやりとガブを見上げながら聞いていた。

私が見惚《みと》れてしまっているうちに、返事を急《せ》かすように、もう一度「いいな？」と聞かれた。

「うん」

今さらなので、あっさりとうなずく。なぜ今、このタイミングでそんなことを聞かれるのか、わからなくはあるが、尋ねればまた鈍いと呆《あき》れられそうだ。

「いいのか⁉」

「そこ、驚くの⁉」

どうして驚かれたか、わからない。

こっちこそ驚いて声を上げると、

「私は葉菜に、好きだと言われていないだろう？」

と、不満そうに言われた。

――そうだっけ？　え、言ってなかったっけ？

「言われてない」

怒られた。

「でっ、でも、キスとかしている時点で……その…………言ったも同然かと」

声がしりすぼみになっていった。

だって、好きな人以外からのキスを受け入れるわけがない。

ついさっきまでは、陽菜もガブのことが好きだと誤解していて、叶《かな》わない想いかもしれないと思っていたけど、それも私の勘違いだとわかった。だからこれからは安心して、人生初彼氏と過ごせると思っていたのだけど……。まだ、ガブはそういう認識ではなかったということだろうか。

「葉菜、好きだ」

「……」

これは……、言葉をねだられているということ？

「葉菜？」

そんな風に不安を滲《にじ》ませた声を出されると、きちんと言わなければと思う。

耳まで熱を持った顔で、それでもガブから目を逸《そ》らさずに、視線を合わせた。

緊張で力が入り、ガブの手を握《にぎ》りしめてしまう。

「好き」

つぶやく声は掠《かす》れて、震《ふる》えていた。

その言葉をしっかりと拾ったはずなのに、ガブは笑うばかりでなにも言ってくれない。

沈黙しているのも恥《は》ずかしいから聞いてみる。

「これで、恋人同士？」

「恋人同士になりたいのか？」

意地悪な表情が返ってきた。

「私、恋人とかいたことないから、どうすれば恋人になれるのかわからないんだもの！　私はすっかりその気でいたのに、ガブはちゃんと言葉にするまで恋人とはみなしてなかったみたいだしっ。私一人で盛り上がっていたみたいで恥ずかしい」

真っ赤な顔でちょっと涙目になった私に、ガブは困り顔で軽くキスをする。

「ごめん、ちょっとからかった。恋人同士だ。これで」

優しく抱き寄せられて、頭に柔《やわ》らかな感触が触れる。

意地悪されたのに、ちょっと優しくされるとすぐに機嫌を直してしまうなんて、陽菜に知られたら「簡単すぎる！」と怒られるだろう。だけど、ガブにこんな風にされるのなんて夢みたいで……世界で一番特別な人になった気がした。

「……と、いうことは……初めて？」

少し低い声で、ガブが聞いてきた。

ベッドで覆《おお》いかぶさられている状況で聞かれる「初めて」とは、あれだろう。あれしかないよなと、恥《は》ずかしがりながらもうなずく。するとガブは眉間に皺《しわ》を寄せて考え込んでしまった。

――なんだ。嫌なのか。

処女っていうのは、そういったことに慣れた男性には面倒くさいものらしい。どこで手に入れたか忘れてしまった知識だけど、そう聞いたことがある。

ガブはきっと、初めてじゃない。陽菜のお相手探しのために得た情報によれば、女性関係は綺麗《きれい》という評判だったが、派手ではないだけで、経験はあるのだと思う。

私たちがこの世界に来てからは、ガブはいつも護衛の仕事をしていたので、女性と一緒にいることなど無理だっただろうけど、その前はきっと……

そんなこと、気にするほうがおかしいとは思うが、ガブの反応に泣きたい気分に陥《おちい》る。

滲《にじ》んできた涙を隠すため、すぐそばにあったガブの首に腕を回して首筋に顔をうずめた。

「ん？」

問いかけるような声が上がったが、無視して抱き付いていると、笑うような気配がして頭を撫《な》でられた。

気持ちいい。思わず頬《ほお》ずりをする。

たくさんくっついていたくて、力いっぱいガブを引き寄せた。

「葉菜」

低い声で呼ばれて、もっと強く抱き付く。

——面倒だなんて思わないで。嫌わないで厭《いと》わないで。どうすればいいのか教えて。その通りにできるように頑張《がんば》るから。

そう伝えようとしても、声が震《ふる》えてしまいそうで、縋《すが》りつくみたいにガブに抱き付くことしかできない。

「いいのか？」

抱き付く力を緩めずにいると、首筋にキスをされた。

ぴくんと体が反応してしまう。

「じゃあ、遠慮《えんりょ》せずにやるぞ」

「……んんっ」

さっき軽くキスをされた首筋に、ぬるりとガブの舌が這《は》う。

その感触にのけぞると、ガブの大きな手がワンピースの裾《すそ》から入り込み、服をたくし上げて胸元に触れる。スカートがかなりめくれてしまっているし、あられもない姿だ。

しかし、恥《は》ずかしさを感じている余裕もなく、やわやわと胸を揉《も》まれて頂《いただき》を指で挟まれた。

「あっ、ガブ、待って、ダメ」

「さっき、陽菜様が部屋に戻る時に、葉菜はここにいることを了承《りょうしょう》してくれただろう？　私と一晩過ごしてくれるつもりなのだと思ったのだが」

「……」

あの時は、ガブともっと一緒にいたくて、陽菜が一人で部屋から出ていくのを見送ってみたりもした。だけど、そのあとどんなことをするだとか、そういうことには考えが至っていなかったのだ。

「だから、早速本番をと思ったんだが」

その表現はいただけない！　なんだ、本番って！

「だが、初めてだと聞いて、いきなりは無理だろうから今日のところは諦《あきら》めようとしてたのに……」

ああ、なるほど。だから私が初めてと告げたら眉間に皺《しわ》が寄ったのかと納得した。別に嫌がられたわけじゃなかったんだとほっと息を吐くと、続いて驚く言葉が聞こえてくる。

「葉菜に、ねだられた」

「違う！」

私が叫ぶように否定すると、気に入らなそうにガブは片眉を上げた。

「恋人が可愛らしく抱きついて、首筋に顔をうずめてきたんだ。しかも、ベ、ベッドで」

ベッドを強調するように言い、シーツをぽんぽんと叩く。

「その気になったものを我慢しようとしていたのに、私をまたその気にさせたのは葉菜だ。今さらダメなんて、聞けるわけがないだろう？」

ガブの指が私の耳から頬《ほお》を辿《たど》って、顎《あご》を掴《つか》まれた。

言い返したいことはたくさんあるのに、ガブの熱い視線に体がふるっと震《ふる》えて言葉が紡《つむ》げない。

その震《ふる》えに気が付いたのか、ガブは安心させるような笑みを浮かべた。

「大丈夫。優しくする」

優しい声でささやかれて、啄《ついば》むように目尻にキスを落とされた。

「嫌か？」

そう聞く時だけ、不安を滲《にじ》ませた声を出すなんて、ずるい。

「い、嫌じゃないけど、ダメ……」

話している間も、ガブの手の動きは止まらない。触れられる手は気持ちいいけれど、なんとか理性を保とうとガブの手を掴《つか》んだら、逆に手を捕まえられてガブの口元に持っていかれた。そのまま手のひらにキスをされ、ぬるりと指の間を舐《な》められる。

指、手のひら、手首と、ガブの舌と唇がゆっくりと伝っていく。

「ふっ……んんっ」

くすぐったいような不思議な感触に、鼻から抜けるような声が出た。

「ダメって、なんで？　嫌じゃないならしたい」

私の手首に口を当てたまま、ガブがしゃべる。

吐息がかかって、ぞわっとして思わず首をすくめた。

「まっ……まだ、早い時間だし」

「時間が関係あるのか？」

「みっ、皆まだ働いてるよ？」

「城は誰かしら、いつも働いている。私だって夜勤もある」

「陽菜が待ってるし」

「待ってないだろう。もう部屋に戻られている」

さっきガブが魔力で出現させた小鳥の伝令により、陽菜の動向がガブにはわかるらしい。

ことごとくあげていく理由を、ガブが打ち消す。

本当の理由を言うのは躊躇《ためら》われるけれど、もう正直に言うしかなさそうだ。

私が頑《かたく》なにダメと言っていた理由は……

「恥《は》ずかしい、から……」

腕をガブに捕まえられているせいで顔を隠せなかったので、ガブの胸におでこをつけて顔を隠した。だけど、きっと真っ赤になってしまった耳は見えているだろう。

ガブが笑う気配がした。それから腕を私の背中に回して、包み込むように抱きしめてくれる。

「可愛い。葉菜、可愛い」

そう言いながらガブは、私の手や耳や頭にキスをたくさん落としていく。

キスの一つ一つに『好きだ』という想いが込められているような気がして、くすぐったさに首をすくめた。

「顔が見たい。見せて？」

ガブは優しくそう言い、私が顔を上げるのを待っている。いっそ、無理矢理引きはがしてくれたらいいのに。そんな自分勝手な想いが浮かぶ。

ガブは、勝手にキスしたり、抱きしめてきたりするのに、ここぞという時には、私の行動を待つ。

私の準備ができるのを、ゆっくりと待っていてくれる。

「なあ、葉菜？」

耳に直接吐息と言葉を吹き込まれて、体が跳ねた。

その勢いに任せてガブの胸から体を離して、すぐ傍《そば》にあったガブの腕に抱き付いた。

するとガブは、くっくっと、喉《のど》を鳴らしながら私のドレスを脱がしていく。

次いで、下着にも手をかける。片手には私がしがみついているため、ガブは片手で器用に私の下着――ブラの代わりとなる、胸をえらく強調させるような矯正《きょうせい》下着のようなもの――のホックを外した。ぷつっと、軽い音がして、胸元に外気《がいき》が触れる。

「あ……」

私がこぼした吐息は、ガブの口内に吸い込まれた。

裸体《らたい》を見られるのが恥《は》ずかしくて身をよじりたいのに、キスの嵐に遭《あ》いその暇もない。

今の私は、すでになにも身にまとってはいない。それなのにガブは、上着は脱いでいるものの、シャツとズボンはまだ着けている。その状態が悔《くや》しくて、ガブのシャツを引っ張った。

「ガブは、なんで脱がないのっ」

襟元《えりもと》を締め上げるようにして抗議すると、彼は目を三日月の形にして笑った。

「……ほほう」

……………え。私、言う言葉を間違えた!?

後悔しても遅かったようで、「いいんだな」と独り言のようにつぶやいたガブは、私に背を向けて、あっという間に自身の服を脱ぎ始めた。

――ガブも脱いでほしいとかそういう意味じゃなかったというか、いや、そう言ったけど、でも違うんですけど！

慌てて言い直そうとガブを見たら、逞《たくま》しい背中から腰のラインや足が全部見えた状態になっていて、息を呑んだ。

「ごごごめんっ」

反射的に謝ると、ガブが笑いながら私に覆《おお》いかぶさってきた。

「謝らなくても。見たいなら見てもいいぞ？」

視線を逸《そ》らす私の顔を優しく上向かせて、ガブは触れるだけのキスをする。それから視線を合わせ、嬉しそうに目を細める。それだけで、胸がきゅうっと締め付けられた。

その直後、ガブは私に覆《おお》いかぶさってくる。そうしてベッドに私を横たえ、熱い素肌で体を包み込む。逞《たくま》しい胸板に、私の胸が押しつぶされた。

ガブの唇が唇から首筋へ、そして胸へとゆっくりと下りていく。

「ひゅ、ぅう……んぅ」

どうしよう。喘《あえ》ぎ声が出てしまうのが恥《は》ずかしいのに止められない。無理矢理我慢すると変な声が出てしまう。

私が声を発するたびに、ガブの笑う吐息が肌を滑《すべ》っていって、それがまた変な感覚を連れてくる。

ちゅぱっとわざと音を立てて、ガブが胸の先端に吸い付いた。

「ふぁっ！　……んぁっあっ」

私のそこはガブが触れると同時にピンと立ち上がり、痛いようなもどかしいような気持ちになる。

ガブは口の中で、固くなってしまった胸の頂《いただき》をころころと転がして遊ぶ。私の口からは意味をなさない声しか出てこなかった。

反対側の頂《いただき》は、ガブの太い指に優しくつままれ、時々くりくりと捏《こ》ね回される。それから硬くなった先端をガブの指によって胸の中に押し込まれる様子は、すごく卑猥《ひわい》だった。その光景を目にした途端《とたん》、ぞわっとする感覚が背筋を駆け上がってきて、私は背をそらして喘《あえ》いだ。

「ひゃぁ……んっ。んあぁっあっあっ」

胸をいじめていないガブのもう片方の手は、私の背中とシーツの間に潜《もぐ》り込んで、私を抱きしめる。

ガブの手のひらの温かさと大きさが、私に安心をもたらす。

「ガブ、ガブぅ」

一生懸命呼びかけると、私の胸から顔を離して覗《のぞ》き込んでくる。

硬いけれど、さらさらのガブの肌が私の肌とくっついて気持ちがいい。

「なに？」

「ん～～……」

私の顔を覗《のぞ》き込んでくるガブの首に腕を回して抱き付いた。

「葉菜、私の忍耐を試しているのか？」

笑いを含んだ声でささやきながら、私の耳にキスをする。

それがくすぐったくて、ガブの胸に頬《ほお》を擦《す》り寄せた。

「残念ながら、私の忍耐力は、葉菜に対してはほぼ皆無《かいむ》だ」

「へ？」

軍人にあるまじき言葉を吐いて、ガブは愛撫《あいぶ》を再開する。

痛いほどに尖《とが》った胸の先端をつまんで、きゅっと引っ張られる。

「やんっ」

反射的に出た自分の声に、驚いた。出したこともない可愛い声が出てしまった。

そのことが妙に恥《は》ずかしくて両手で口を押さえてふるふると首を横に振る。『やめてほしい』のサインだったのだが、ガブには伝わらなかったらしい。

「気持ちいい？　ほら、葉菜のここ、もっと触ってほしいって」

そんなこと、胸が言うわけもないのに、ガブの言葉通りに体は揺れて、ガブの手に触れられるのを待ち望んでしまう。

「可愛い。食べてしまいたいよ」

小さく出したガブの舌が、胸の先端を軽く舐《な》めた。その小さな刺激に、私の体は大げさに反応してしまう。

さらにもう一度、先端の一番先だけに舌が触れる。思わずガブの頭を両腕で抱き寄せた。

「いじわるしないで。ちゃんとしてぇ」

涙声になってしまっていることに気が付いたけれど、もう声なんか気にしている場合じゃなかった。

体が熱くなって、もどかしくて、ガブの頭に自分から胸を押し付ける。

「葉菜、これが好き？」

ガブの厚い唇に先端を挟まれ、舌で転がされる。

なにを聞かれて、なんと答えているのかもよくわからない状態で私はうなずいた。

「うん、うん……！　それ好き。ぁっ……、ん！　気持ちいい」

胸に与えられる刺激に夢中になっている間に、ガブの手が私の足の付け根まで移動していく。そして、割れ目にゆっくりと指を潜《もぐ》り込ませる。

「ん、んん……！」

急に襲《おそ》ってきた快感に、体にギュッと力が入った。それは初めて経験する感覚で、緊張して体が強張《こわば》る。

「ん。少し濡《ぬ》れてるな」

その言葉を証明するように、ガブの指が小刻みに動くと、くちくちと小さな水音がした。

自分もよく知らない自分の体の変化を認識して、羞恥《しゅうち》に顔が熱くなる。

そこを触られることも、濡《ぬ》れていると知られたことも恥《は》ずかしくて、両足に力を入れてガブの手がこれ以上動くのを阻《はば》んだ。

だけど私はその行動により、すでに足の間に入り込んでいるガブの手をさらに強く意識することになってしまって、背筋が震《ふる》えた。

「力を抜け。入らないだろ」

ガブの指は相変わらず、水音を立てながら襞の間を行ったり来たりする。そんな状態で、力なんて抜けるわけがない。

唇を噛《か》みしめて首を横に振ると、「仕方ないな」と、小さくガブがつぶやいた。

「いっ……!?」

ぴりりっと痛みに似た刺激が走って、体がのけぞった。ガブの顔を見ると、困ったような表情をしていた。

「指を入れるのも痛いのか」

そう言ったかと思うと、ガブの頭が私の足元へと下がっていく。

お腹や太ももにキスをされて、くすぐったさに少し笑った。そうして気付いた時には、優しく足を広げられ、秘所に吸いつかれていた。

「やっ、嘘……！　ひゃあああんっ」

先ほど痛みを感じた場所を、ガブの舌が丹念に舐《な》め啜《すす》る。小さかった水音は、ぐちゅぐちゅという大きな音に変わって、耳を塞《ふさ》ぎたくなった。

ガブの舌は、襞を辿《たど》って前方に移動すると、花芽に優しくキスを落とした。

「ガブっ、もう無理。おねが……っああ！」

ガブは私の言葉を聞く気はないらしく、蕾《つぼみ》を舌で転がす。

感じたことのない圧倒的な快感が生まれて、背筋から首まで産毛《うぶげ》が総毛立つような感覚を味わった。

抵抗らしい抵抗もできない間に、私の足は大きく広げられ、自分でも知らない場所にガブの頭が入り込んでしまっている。

「ダ、ダメダメ！　汚いっ。んっ……！　お願い、やめて」

熱い舌が襞をかきわけて進むほどに、強張《こわば》っていた体から力が抜けていく。

ぴちゃぴちゃと音を立てながらそこを舐《な》め啜《すす》るガブは、私の反応を面白がるようにニヤリと笑った。

「汚くない。葉菜の世界では、こういうことはしないのか？」

濡《ぬ》らさないと最初は痛いだろう？　などと続けながら聞いてくるが、処女の私にそんなことわからない。

それに私には、元の世界にそんな話をできる友人もいなかった。エッチな本にそういうシーンがあることは知っている……けれど！　だけど！

それに陽菜も、「エロ本はファンタジーだ」って言っていた。陽菜も経験はないはず（多分）だが、私と違って耳年増《みみどしま》だから、その情報はあてになるはず。

「こんなことしない！」

多分！　だけど、断言してみた。

「知らないだけだろう」

ああっ、信じてくれてない！　私の言葉を一蹴して、ガブはまた舌を伸ばす。

「もう少ししたら、もっとって言うようになる」

なるはずがない！　すかさず反論しようとしたのに、この話は終わりだと言わんばかりに花芽にちゅうっと吸いつかれた。

「――っ！」

体中に血が一瞬で駆け巡《めぐ》るような感覚。私はつま先をピンと伸ばして、声にならない悲鳴《ひめい》を上げた。

「イッたのか？」

「ふぁっ」

急にさっきよりもずっと敏感《びんかん》になってしまったみたいで、ガブの吐息がかかるだけで背筋をのけぞらせた。

「ここからの眺《なが》めは、とてもいい」

私の足の間から顔を出してクスクスと笑いながら、ガブは私の胸を掴《つか》んだ。人差し指で尖《とが》った先端をころころと転がす。

「……んぁぁっ。今、ダメ。今ダメなのっ……ふぁあんっ」

そう訴《うった》えたのに、ガブは手を止めてはくれない。

「こんなに尖《とが》らせて。もっと触ってほしいんだろ？」

「んんっ……いじわるっ！　もぅ、あ……んっ」

ガブを睨《にら》み付けても優しい微笑みを返されているうちに、本当はもっと触ってほしいと本音がこぼれそうになる。

「ほら。次はなにをしようか？　胸を舐《な》めてやろうか？　それとも……こっちをいじめる？」

ガブの指が太ももに触れただけで、その先を期待して体が震《ふる》えた。

「い、いじめるのは、ダメっ」

意地悪なガブも格好いいと思いながら、私は手を伸ばしてガブの首に腕を巻き付けた。

「いじわるなのは、嫌なの。ガブ、優しくして……」

ひゅっと、息を呑むような音が聞こえた。

「葉菜っ……！」

ガブの苦しそうな声が聞こえたかと思うと、自分でも触れたことのない場所に指が入ってきた。

急にきた圧迫感に、一瞬息が止まる。けれどそれはひと時のことで、優しくゆっくりと入ってくるガブの指に、もどかしささえ感じてしまった。

「痛くない？」

私は、「もっと」という言葉が口からこぼれ出てしまわないように唇を噛《か》みしめたままうなずいた。

「本当に？」

心配そうな声を出して、ガブの指は出ていってしまう。そして、入口付近から奥に入ろうとはせず、そこをくちゅくちゅとかき混ぜる。

「ふ……ぅん、あん。ガブ、お願い」

――このもどかしさをどうにかして。

言葉にできない願いを込めてもっとガブにしがみつくと、ガブは少し考えてから「入れるよ？」とつぶやいた。

こくっとうなずくとガブの指がぐじゅっという音と共に私の中に沈み込んだ。

圧迫感はすごいけれど、それを上回る快感が体を駆け巡《めぐ》る。

「は……あぁっ！　んんぅ」

「葉菜、気持ちいい？」

耳元でささやかれる低音の声にも、さらに体が反応した。

「葉菜？　気持ちいいって言わないと抜くよ？」

「あ、ゃっ……抜いちゃ嫌」

本当に出て行こうとした指を思わず足で挟み込んで捕まえてしまった。

くっと、ガブが笑う。

「最初から中のほうが感じるなんて……葉菜は淫乱《いんらん》だな？」

「ち……がう、もんっ。ガブに触られたから、こうなってるの！」

熱くなった私の頬《ほお》に、ガブが噛《か》みつくようなキスを落としながらつぶやく。

「ああ、柔《やわ》らかい。気持ちいい。早く私のを中に入れたい」

いつの間にか中に入れる指を二本に増やされ、ぐちゃぐちゃにかき混ぜられる。

「ひあっ、あっ……んんぅ」

ただただ、ガブの手が与えてくれる快感に翻弄《ほんろう》されていた。

もうなにも考えられないくらいトロトロにされていたい。そんなことを考えてしまう。

その瞬間、ガブと目が合って、ごくりと喉《のど》が鳴る音がした。

私の中は、ガブの指でいっぱいだ。絶えずぐちゅぐちゅと濡《ぬ》れた音を響かせてガブの指が暴れ回る。

ガブが、切なそうな顔をして、優しいキスをした。

「が、ぶ……？」

「入れていい？」

ガブの首に腕を回したまま、聞かれている言葉の意味もわからずうなずいた。

「ありがとう。……葉菜、愛してるよ」

「ふぁっ……！」

甘い言葉だけが脳髄に届いて、びくんと体が跳ねると同時に、圧倒的な質量のものが私の中にねじ込まれた。

快感に熟《う》れていた頭が、痛みに染まる。

「いっ……！　あっ、あ」

骨を無理矢理ずらされるような鈍痛《どんつう》が襲《おそ》ってきて、息をすることさえ難しい。

「くっ……、葉菜、力を、抜けっ……！」

ガブが苦しそうな声を上げるけれど、どうしたらいいのかわからない。さっきまでの気持ちよさなんて吹き飛んでしまった。

痛くて痛くて、助けを求めるために、ガブの頭をさらに引き寄せた。

「ん？　ここか？」

「ひゃあっ、あぁん、今はそこ、ダメぇ！」

胸の頂《いただき》を唇で挟み、やわやわと食《は》まれる。痛みで遠のいていた快感が急に舞い戻ってきた気がした。

足の間は痛いのに、なぜだか、もっとして欲しい。

――もっと、もっと……！

ガブの頭を捕まえて、私はしっかりとガブの口に自分の胸を押し付けてしまった。

そんな私の反応に気をよくしたガブが、反対側の先端も指でつまんで、くにくにと形を変え始める。

「んっんっ、もっと、あっ……ぁん」

痛みよりも快感を追いかけたくて、私は体をよじる。どうしようと思うほどガブに触られることは気持ちがよくて、どこもかしこも触れてほしい。ガブの手に触れられるのを、全身が待っているような気さえする。

「可愛い」

ガブはうっとりとつぶやき、下半身は繋がったまま自分の体を起こした。

そうして両手で胸を掴《つか》む。両方の頂《いただき》を親指と人差し指でつまんだり転がしたりを繰り返す。

ガブは私を見下ろし、反応を観察している。ピクピクと震《ふる》えてしまうのが恥《は》ずかしいのに、どうすることもできない。

捏《こ》ねられて、指で軽くはじかれるたびに、私の体は感情を無視してぴくんと跳ねる。

涙の溜《た》まった瞳で見上げたところ、ガブはうっとりと私を見下ろしていた。

その表情に、胸がきゅんと疼《うず》く。

――と同時に、ガブが軽く呻《うめ》いた。

「……っ、葉菜、いたずらするなよ？」

急に、眉間に皺《しわ》を寄せて苦しげな顔をしたガブが、ほんのり頬《ほお》を赤らめて私を見下ろす。

私は、意味がわからなくて首を傾げる。

次の瞬間、ずん……っと、音がしそうな勢いで、ガブのすべてが私の中に入ってきた。

「はっ……！　あっ……」

痛みに息が止まった。生理的な涙がこぼれていったのがわかった。

咄嗟《とっさ》に手を伸ばした先には、私を心配そうに見るガブがいる。彼も手を伸ばし、私を愛おしげに見つめて、手のひらにキスをくれた。

私も痛いけれど、ガブも、目を閉じて苦しそうな顔をしていた。

苦しそうなガブの表情が色っぽく感じて、そんな場合じゃないのに胸が高鳴ってしまう。

しばらく見つめ続けていると、薄目を開けたガブが私の視線に気付いて笑う。

「もらった」

なにを？　私が問いかけの言葉を発する前に、深いキスをされた。

体の奥底までガブを埋められて、抱きしめられて、深いキスをされて、体中がガブのものになってしまったみたいだ。

「……動くからな」

私の唇を食《は》みながらつぶやいたガブは、ゆっくりと腰を引いた。ようやく治まっていた気がしていた痛みも、動かれると痛い。

「んん……」

私が苦痛の呻《うめ》き声を上げてしまうと、ガブは私の頭や肩を撫《な》でながらキスをしてくれる。心配してくれる大きな手のひらが心地よくて、お返しに私からもガブの手にキスをした。

「葉菜……」

呻《うめ》くような声で呼ばれて視線を向けると、ガブがとても困った顔をしていた。

眉根を寄せた色っぽい表情が素敵で、優しく宥《なだ》めるように私の体を滑《すべ》らせていく大きな手も大好きで。

苦しげなガブを見つめていて、はたと思い出した。男性は行為の時、ただ入れるだけでなく動いたりしないと気持ちよくないらしいと聞いたことがある。どこから得た知識かも思い出せないくらい、出所不明な情報だけど。さっき、ガブも動くというようなことを言っていたし、やっぱり動きたいものなのだろう。

それなら私はこの痛みを、できるだけ我慢するから――

「早く、動いて……」

ガブの頭を引き寄せて、耳元でささやいたのだけど、またもや失敗だったらしい。

ガブの喉《のど》から「ぐっ」と絞《しぼ》り出したような声がして、「この……葉菜が悪いんだからな」と独り言をつぶやいた――かと思ったら、ガブの動きが突然速くなった。

「んあっ！」

ぐしゅっと濡《ぬ》れた音がして、ガブの切っ先が私の一番奥に当たった。あまりの圧迫感に、息が止まる。

ぐちっぐちっと卑猥《ひわい》な音を立てながら腰を叩きつけてくるガブに、抗議の声を上げる余裕もなかった。

突然動きの激しくなったガブに翻弄《ほんろう》され、揺さぶられ、喘《あえ》がされて。

そのガブの勢いに流されるように、私の体も徐々に反応を返し始める。

「あっ、あっ、んぅぁ………っ、はげしっ……」

途切れ途切れの私の喘《あえ》ぎ声の中に、ぐじゅっ、じゅぷっという卑猥《ひわい》な音と、ガブの荒い息遣いが混じる。

「葉菜、すごく可愛いよ……」

私の体は喜びのままに、高みへと昇《のぼ》っていく。

「や……、あああ、まっ……」

目の前にあったガブの腕を力いっぱい掴《つか》んだ。

「あ、ああ……あーーーーー！」

「くっ……葉菜っ」

苦しげな声を上げ、彼の体が震《ふる》えた。そして、数度こらえるように眉根を寄せたままびくびくと動いて、大きく息を吐く。

ガブは私を抱きしめたまま息が整うまでじっとしてから、体を起こした。

それから、ずるりと、ガブ自身を抜く。

……もうなにも入っていないはずなのに、股の間になにか挟まっているような感覚はなくならない。

「出血したな……痛いか？」

あそこを見られているのだと気が付いて、急いで足を閉じて膝《ひざ》をお腹に引き寄せ、寝たまま体育座りのような格好をした。

「だ、大丈夫。ちょっとは痛いけど、大丈夫」

相変わらず体を丸めている私を見下ろしながら、ガブは目を細める。

「気が付いてないのか？」

低く掠《かす》れた声で聞かれても、なんのことだかわからない。

「さっきよりも丸見えだ」

くちゅっ。

軽い音を立てて、ガブの指が私の中に突然沈んだ。

「ふあっ」

「私の白濁液を垂れ流しながらテカテカと光っている場所を見せつけるとは……。葉菜はなんていやらしくて可愛いんだ」

ぐじゅっぐじゅっ。

ガブの指が出し入れされて、大きな水音が響いた。

「やっ……違うっ、そんなつもりじゃなくてっ…………ぁんっ」

ガブが出したもののお陰か、さっきよりも滑《すべ》りがよくなったそこは、どんどん指を呑み込んで、すぐに私から官能を引きずり出してしまう。

「なんだ、さっきよりも気持ちがよさそうだな」

ガブの指が、私の中で遊ぶようにバラバラに動き出す。

「そ、そんなこと、言わないでぇ……んあっあぁ……！」

恥《は》ずかしいのに、気持ちよさに逆らえない。

私の中から熱いものが溢《あふ》れ出して、お尻を伝ってシーツに落ちていく。

直後、おもむろにガブの親指が、蕾《つぼみ》に触れた。くりっと一度捏《こ》ねられただけで、敏感《びんかん》になりすぎた体は、容易《たやす》く高みへと駆け上がり——

「んああああぁぁっ」

達したあとは、指一本動かすこともできなくて、自分で両足を抱えて秘所を彼に晒《さら》したまま息を整えていると、ガブに抱き上げられた。

「ガブ？」

「うん」

ひょいと抱えられて、ガブと向かい合う格好で膝《ひざ》の上に座らされた。

「ガ、ガブっ!?」

この体勢は恥《は》ずかしいと抗議しようとしたところで、あることに気付く。

「足の間に、なにか当たって……っん！　まさか、あぁぁっ。だめぇぇ」

ずぶずぶとガブの屹立《きつりつ》が私の中に沈み込んでいく。

「ん……はあっ」

いろいろと抗議したいことはあったけど、ガブの色っぽいため息に、言おうとしたことはすべて飛んでいってしまった。

「葉菜、気持ちいい……」

ぎゅうっと抱きしめられて頬《ほお》ずりされた。ガブの甘えてくるような態度が可愛くて、思わず頭を撫《な》でて頬《ほお》にキスをした。

「私も気持ちいい」

ちょっと照れながらそう言うと……ずんっ……と、いきなり突き上げられた。

「ふあっ!? いきなり? ちょ……んあぁんっ」

「もう我慢できない」

我慢なんてしていないでしょ!? そんな抗議をする暇もなかった。

両腕を捕まえてガブが下から突き上げるものだから、重力が手伝ってかなり深くまで咥《くわ》え込んでしまう。

「そんっなに、しちゃ、壊れ……ちゃう!」

私の声に、ガブはニヤリと笑う。

「突き上げるたびに胸が揺れて、私を誘っているようだ。そそられる」

さっきガブが中に出した白濁と私の蜜が混ざり合って、ぬちゃっぬちゃっと大きな水音が立つ。

その音を聞くごとに、私は痛みを忘れていった。

上下に激しく揺れる胸にガブは顔を近付けて、胸の先端を捕らえてかりっと歯を立てる。その刺激で、私の頭の中は真っ白になり――

「んあああぁぁぁっ！」

体を反らしてガブに胸を押し付けて、私は気を失ったのだった。

◆ ❖ ◆

「ガブの馬鹿っ」

どれくらい経ってからかはわからないが、しばらくして意識を取り戻した私はベッドに横たわったまま抗議の声を上げた。体が怠《だる》くて、いまだ起き上がることができないのだ。

すると私の隣に片肘《かたひじ》をついて横になったガブは、私の顎《あご》をくいっと上げさせた。

「私の理性を焼き切るような発言を、あの場面でした葉菜が悪い」

私が気絶している間に湯浴《ゆあ》みを済ませたらしく、少し濡《ぬ》れた髪をかき上げながらそう言う。

……そんな仕草にときめいたりしないからね！　私は怒っている！　ダメだと言ったのに、話を聞いてくれなかったから！

――気が付けばもう、外が暗い。行為自体もじっくりたっぷりされてしまったし、そのあと気を失っていた時間もあるから、もう夜中だという。

「もう今日は、この部屋で休め。明日の朝、部屋に連れて帰ってやる」

ガブが寝る準備をしつつ私に言った。ここで、寝るということは……

「ガブと一緒に寝るの？」

それは少し嬉しいかもしれない。大好きな人に抱きしめられて、撫《な》でられながら眠ることを想像した。

そう思って笑うと、息を呑む音がして、うっとりとした表情のガブが、舌なめずりして言った。

「……もちろんだ」

——またもや私は失言をしてしまったらしい。

その後、声が嗄《か》れるまで愛されることとなった。

今後、言動には十分気を付けようと心に誓いながら、恋人と過ごす初めての夜は更けていった。

4

葉菜を腕の中に閉じ込めてしまいたいと、何度願ったことだろう。

私——ガブスティルは、満ち足りた気持ちで、隣で寝息を立てる葉菜を見つめる。

葉菜の純潔を散らした直後だったというのに、二度三度と立て続けに求めてしまった。

だが、二度目の行為のあと『もう遅いから部屋に泊まっていくように』と言った時、葉菜が嬉しそうに布団から目だけ出してふふっと笑ったのが悪いのだ。

そんな可愛い表情を見せられて、なにもしないでいられるほど、私はおとなしくない。覆《おお》いかぶさったら『もう疲れたんだけど⁉』という文句《もんく》が聞こえたが、無視してキスを繰り返し続けた。すると、葉菜の瞳はとろんとして、顔は火照《ほて》っていった。

その表情を見た途端《とたん》、たまらなくなって執拗《しつよう》なほどに深く舌を絡めてしまう。

キスの合間に、彼女は恨《うら》めしそうな瞳を向けてくるけれど、あの黒い潤んだ瞳で見つめられると理性が焼き切れるのだ。

葉菜のすべてを見たい。恥《は》ずかしい格好をさせて喘《あえ》がせて、啼《な》かせて、私がほしいと言わせたい。

女性の体を観察する趣味が自分にあるとは思わなかったが、葉菜の痴態《ちたい》はじっくりと視姦《しかん》したい。

私のよこしまな想いなど知らない葉菜が、身じろぎをした拍子にしがみついてくる。そんな彼女を抱きしめ返しながら、葉菜の黒髪を梳《す》く。

目を閉じて、想う——ようやく、手に入れた。


葉菜がこの世界に現れたのは、祭りの日のこと。

その祭りの中の一行事『召喚《しょうかん》の儀式』によって巫女姫たちは呼び出された。私は祭事場の警備を取り仕切っていたのである。

『召喚《しょうかん》の儀式』は、我が国に古来より伝わる文献によると、それを執《と》り行《おこな》うことによって黒き姫を呼び出せるものらしい。しかしそれは伝説のようなもので、実際に姫を召喚《しょうかん》したという話は聞いたことがなかった。儀式によって巫女姫が呼び出せるなど、誰も信じていなかったのだ。

だが近年、我が国は長く続く災害と、隣国からの圧力に苦しんでいる。そのため、儀式の際に人々の捧げる祈りが大きくなっていることを肌で感じていた。

——我が中央国は、東西南北を大きな四国に囲まれた小国である。

周辺の四国は互いに対立し、我こそが大陸の覇者《はしゃ》にならんと、他国の情勢を窺《うかが》っていた。

その際に邪魔《じゃま》になるのは、どの国にとっても中央国だった。

中央国は経済発展を遂《と》げるため、商人に訪れてもらえるよう、通行料や関税をできるだけ安く抑えていた。それが功《こう》を奏《そう》して、中央国は商人の多く滞在する国となったのだ。

そして、商人が歩けば道ができ、多くの主要な道路は、中央国に繋がることになる。

商人でも軍隊でも、多くの人間を移動させようと思ったら、中央国を通るのが一番便利なのだ。

中央国は小さいながらも経済的には潤《うるお》った国である。物資が豊かで、軍事力もそれなりにあるため、中央国と戦争をするのは容易《たやす》いことではない。

そのような状況で、緊迫感はあるものの、なんとか均衡《きんこう》が保たれていた。

しかし最近、どうやら北国と西国が手を結んだという情報が流れてきた。

それを裏付けるように、両国が我が国の国境付近まで軍を進めてきている。

——中央国には、かつて戦争で負った凄惨《せいさん》な傷がある。四国すべての戦争に巻き込まれ、右も左も敵だらけ。街はずたぼろになった。

民衆が願うのは平和。あの過去を繰り返したくはないという願い。

その願いが高まってきている時に、祭りは行《おこな》われた。『召喚《しょうかん》の儀』にかける人々の想いにも、特別なものがあったのだ。

人々の祈りが一つのうねりになって、それが魔力を構成させていく。国中が祈りで包まれていた。願いは祈りに、祈りは力になり空へと昇《のぼ》る。

そして――祭壇が光に包まれて、中から瓜二《うりふた》つの少女が二人現れたのである。

二人ともびっくりしたように周りを見渡し、一人はすぐに泣き始めた。

もう一人は、怯《おび》えたような顔をしていたが、もう一人が泣いているのを見た途端《とたん》、爆発《ばくはつ》した。

それは文字通り、爆発《ばくはつ》だった。祭壇を破壊し、泣き叫ぶ人を弾き飛ばした。

自分が発した力によって起こったその光景を見た彼女は、驚いて、心配して、ショックを受けているようだった。ただ、目を見開いて泣いていた。

自分が動くたびになにかが壊れていく様子を恐怖しながら見回し、『助けて』と全身で訴《うった》えているようだった。

しかし、自分自身が誰よりも怯《おび》えながらも、隣にしゃがみ込んで泣く片割れに気付いた途端《とたん》、彼女は変わった。もう一人を守ろうとしたのだ。

――それを見て、私は彼女を守ることに自身が持つすべての力を使うことを決めた。

魔力を無駄《むだ》にしないため、自分の身を守る結界すら張らずに、彼女にゆっくりと近付く。

近付けば近付くほど、鎌のような魔力が飛んでくるが、すべての魔力を出し切って彼女自身に結界を張った。

彼女の心を守るために。

どんどん怯《おび》えて小さく縮こまっていく彼女に、ゆっくりと確実に近付いていった。

そして、ようやく手を握《にぎ》ると、火傷《やけど》のように手が痛んだが、そんなもの無視して呼びかける。

「こっちを見ろ」

一度呼びかけただけでは、顔を上げてはくれなかった。まるで、私のことを吹き飛ばしてしまうのを怖がっているように感じられた。

自分のことだけで精一杯なはずの状況にもかかわらず、他人を思いやれる少女に感嘆《かんたん》しながら、彼女の顔を両手で持ち上げて、もう一度呼びかける。

彼女の頬《ほお》は柔《やわ》らかくて、自分の手が汚れてガサガサしているのを申し訳なく思いながらも、ずっとこの手の中に納めていたいと思った。

彼女は、迷うように瞼《まぶた》を震《ふる》わせつつ、ゆっくりと顔を上げる。そうして現れた瞳は、黒く輝いていた。こんなに美しいものは見たことがない。

美しい黒目が、縋《すが》るように揺れながら私を捕らえる。

その瞬間、そんな場合ではないのに、周りからこの少女を隠してしまいたいという衝動にかられた。彼女が見るのは自分だけでいい。そんな独占欲が湧《わ》き上がる。

こちらを見て、私と視線が合ったことで少し落ち着いたのか、彼女の爆発《ばくはつ》的な魔力が収束していく。自分が彼女に安心をもたらしたのだと思うと、そのことにひどく優越感を覚え、とても気分がよかった。

しかし、そんなことを考えていられたのは一瞬だった。力の爆発《ばくはつ》が止まり、周囲を見渡す余裕ができた少女の顔色が、どんどん白くなっていく。

「壊してしまって、すみませんでした。止めてくれて、ありがとうございます」

理知的な色の瞳で、こちらを見て謝罪と感謝を述べた。

どうして、この状況でそんなことを言えるのだろう。

次の瞬間、隣にしゃがみ込んでいた彼女の片割れが、私を睨《にら》み付けてきた。まるで、この子が謝罪することが気に入らないとでも言うかのようだった。

だが、そんなものこちらだって同じだ。

「こっちの都合で勝手に喚《よ》び出した我々に詫《わ》びる必要はない」

腕の中の少女にそう答えると、驚いたように目をぱちぱちとさせて、はにかんだ。

——この時の私の受け答えは、どうやらもう一人の少女にも、合格をもらえたらしい。もう一人の少女は、それ以後、私を見ることもせずに治癒の術を放っていた。

私も後片付けに走るべきだったが、この腕の中の少女を離す気分……どころか、他の奴に任せる気にならず、彼女の頭を撫《な》でながらその場に留まり続けた。

本当に落ち着いたのか、周りを見ながらきょときょとする様子が可愛い。もう一人や、周りの人間が動き回っているのが気になるのか、そちらに行きたそうなそぶりを見せる。だが、私が頭を撫《な》で続けているため抜け出せず、困ったように見上げて、どうしようかと迷っているようだった。

——こっちのほうがどうしようかと思う。

神の御遣《みつか》いとしてここに現れたであろう少女に対し、頭を撫《な》でて、困った様子を見て喜んでいるなど、不敬にもほどがある。

……だが、少し顔が赤くなったこの子を、他の人間に任せる気など、とっくになくしていた。

その後、二人の巫女姫が現れたことは、あっという間に周辺国の知ることとなった。

我が国には、こちらが把握《はあく》しきれていない間諜《かんちょう》が多く入り込んでいる。二人の力は、彼らを通じて、その日のうちに知れ渡ったようだった。その証拠に、国境付近に集まっていた隣国の軍が、撤《てっ》退《たい》とまでいかずとも、下がったという連絡を受けた。その連絡に、城は沸《わ》いた。さすが神の遣《つか》いだと。

二人の少女は、黒姫と白姫と呼ばれることとなった。

白姫である陽菜様は「白姫様の、なんと慈悲《じひ》深いことか」と、周囲の人間に慕われた。

曰《いわ》く、守らねばと思うほどにか弱いのに、凛《りん》とした佇《たたず》まいが美しい。

曰《いわ》く、目を伏せて嬉しそうに微笑む姿が、恥《は》ずかしそうに見上げてくる視線が、どうしようもなく可憐《かれん》だ。

王子殿下や、次期神官長と言われるジェシール様まで、彼女に跪《ひざまず》いた。

反対に葉菜は「黒姫様は畏《おそ》れ多く、近付きがたい」と、敬遠されてしまった。

こちらの世界へ来た当初、葉菜は魔力の暴走を非常に怖がって、周りの人間と接触をしたがらなかった。

だから葉菜が笑顔を向けるのは、陽菜様と私だけ。そのことに優越感があったことは認めよう。この自分だけが特別という状況を壊したくないという想いはありながらも、このままでは葉菜の評価はよくならない。

そこで私は、二人に魔力の制御《せいぎょ》方法を教えることを申し出た。

すると陽菜様はにっこり笑い、「自分でできるから、大丈夫です」と断った。表情こそ笑顔だったが、『疲れるから、訓練なんて面倒くさい』という想いが言外《げんがい》に表れていたし、力を使うことで自分の体力を消耗《しょうもう》するのを心底嫌がっているように感じられた。

さらに彼女は、私の葉菜に対する想いにいち早く気付き、恋路《こいじ》の邪魔《じゃま》をしてきたりもしたのだ。

――これのどこが慈悲《じひ》深いというのだ。

陽菜様は器用で要領がよく、愛想のいい表情とは裏腹に狡猾《こうかつ》なタイプだ。そんな彼女を可憐《かれん》だと評する人間の気が知れない。

葉菜のほうがよっぽど純粋でまっすぐで、他人のことを一番に思いやれる優しい性格だ。

そう思うにつけて、白姫と黒姫、もし神が与えた力が逆だったら、この世界は脅威《きょうい》にさらされていただろうと考える。

葉菜がもし治癒《ちゆ》力《りょく》を与えられていたら、力の限りに人々を助けて自分が壊れてしまうだろう。

真に慈悲《じひ》深いのは、葉菜のほうだ。

そういう葉菜のよさを知っているのは自分だけでいいと思う反面、彼女が周りの人々から誤解され、悪く言われるのは我慢ならない。

――そんな相反する想いを抱えたまま、ひと月ほどが経過していった。

毎日訓練を繰り返せば、その頑張《がんば》りの成果が出て、葉菜は少しずつ魔力を制御《せいぎょ》できるようになる。

すると、ようやく少しだけ自信がついたようで、城を歩き回るようにもなった。

周りに少しずつ笑顔を見せるようになったことは仕方がない。

――仕方が、ない。だが、気に入らないものは気に入らない。

モヤモヤとした気持ちを抱えつつ、昼食を取って葉菜たちの部屋の護衛に戻ったところ……陽菜様だけになっていた。

「葉菜様は？」

「情報収集に行くんだって」

聞けば、陽菜様の結婚相手にふさわしい相手を見つけるため、情報収集をしているらしい――なぜ、そんなことを？

巫女姫様たちは神の遣《つか》いとして崇《あが》められている存在で、なに不自由ない生活が約束されている。結婚相手探しに躍起《やっき》になる必要はないと思う。心底不思議に思って問いかけると、陽菜様もよくわかっていない様子だった。

「まあ、可愛いから、放っといてるけど」

「放っておいていいはずがないですよね？」

たとえ敷地内とはいえ、一人で出歩くなんて不用心だ。

「護衛はついていったわよ？」

「私でないとダメです」

葉菜は魔力がとても強い。万が一なにかあった時、私以外では抑えられない。それに、いついかなる時でも、私の手の届く範囲にいなければならない。そう力説したところ……

「重い」

過保護すぎて愛情が重い、と言われたが知ったことじゃない。

可憐《かれん》だと言われる笑顔とともに放たれた言葉に応戦してから、私は葉菜を探しに出かけた。

つきまといすぎだとか言われても、自分以外が葉菜を守っていることが許せないのだ。

最近、葉菜が可愛すぎてどうしようかと悩む。『ガブスティル』と上手く発音できずに『ガブ』と短縮して呼ぶことなど自分にとってはどうでもいいのだが、「略すな」と言えば、困ったような拗《す》ねたような、自分にしか見せない表情をするため、つい意地悪をしてしまう。

周りが、葉菜の魅力に気が付く前に自分のものにしておかなければと考えていた。

それに、たとえ陽菜様の結婚相手を探すためだったとしても、他の男のことを調査していることにもムッとする。

――こんな風に葉菜への想いが募《つの》り募《つの》った、ある夕食の席でのこと。

その日は、王子とジェシール様が同席していた。私は食堂の後方、葉菜のうしろに立ち護衛にあたっていた。

すると突然、葉菜があのイケメン二人を熱く見つめるではないか。今まではなかった事態に、私は動揺した。

そして、自分もその視線の中に入れてもらおうと思って、立ち位置を変えてみたが、移動した途《と》端《たん》に俯《うつむ》かれてさっぱり視界に入らせてもらえなかった。

そんな私の様子を見た陽菜様には嘲《あざけ》るような言葉をかけられるし、イライラは最高潮《さいこうちょう》に達し……無理矢理葉菜を自分の部屋に連れ込んでいろいろした。そして今に至る。

——きっかけは衝動的なものだったが、この想いは本物だ。もう絶対に離さない。

安心しきった様子で隣で眠る葉菜のおでこにキスをしてから、私も眠りについたのだった。

5

記念すべき初体験の翌日は、朝帰りどころか、起きたら昼だった。

しかもそれからまたガブに押し倒されてしまったため、私——葉菜がガブに付き添われて自分たちの部屋に戻ったのは、夕方になってから。

部屋に着くと、そこにはものすごく不機嫌な陽菜がいたのだった。自業自得だから、私は陽菜のご機嫌取りを頑張《がんば》った。

そして、ようやく許してもらってほっとしていると、陽菜がため息を吐く。

「葉菜の力、いいなあ」

ぽつりとつぶやいた陽菜の言葉を、聞き間違いかと思った。

「爆弾が？」

そう聞き返すと、当然のようにうなずかれた。

どこが。なにがいいと言うの。こんな、壊すだけしか能のない兵器が。

「私は、陽菜の力が欲しかった」

思わず、本音が漏《も》れた。

言ってしまってから、息を呑んで唇を噛《か》みしめた。言う気なんてなかったのに。

そんな私を眺《なが》めて、陽菜が「ああそっか」とため息のような声を漏《も》らしてから言葉を続ける。

「だからだわ。私、神様は与える力を間違えたのかと思っていたの」

驚くことを言う陽菜に、私はなにも言えずにただ黙って見ていた。

「多分、葉菜が治癒の力を持っていたら、全世界の人を救おうとするんでしょうね」

陽菜の言葉を、私は反芻《はんすう》する。

全世界の人を、私だけの力で？

途方もない話だ。できるわけがない。一人の力は決して無限ではない。

「もし葉菜が治癒の力を与えられていたら、病《やまい》が流行した時なんかに真っ先に死ぬのは葉菜だったでしょうね」

一人の力なんてたかが知れていると思いながら、陽菜の言葉を否定はできなかった。

だって、助けられる力があるのに。その力を自分が持っていたら、使わないわけがない。それこそ、自分の命を削ってでも。

「そして、私が破壊の力を持てば……」

手のひらを見つめる陽菜の目には、なにが映っているのだろう。

数秒間、じっと自分の手を眺《なが》めたあと、陽菜は顔を上げて、いつも通りの可愛い笑顔を見せた。

「そうね。私たちが与えられた力がこれだったことが、この世界にとって最良だったのね」

そんなこと、考えたこともなかった。

私が陽菜の力を羨《うらや》むように、陽菜も私の力を羨《うらや》んでいた。

――与えられた力が逆だったら、お互いにありったけ使っていただろうなと思う。

「葉菜、大好きよ。私は葉菜が好きで、葉菜だけなのに。それが苦しい。この世界で、葉菜が私以外を好きになってしまったら、私は一人ぼっちになってしまうじゃないの」

陽菜は今にも泣きそうな顔で、私の手を握《にぎ》りしめた。

ストレートに伝えられる言葉に、顔が熱くなった。妹に面と向かって言われると照れてしまう。だけど、なんとなく、今の陽菜は不安がっているような気がして、私もストレートに言葉を返した。

「私も。陽菜は、どんなふうにしてても、可愛い」

部屋にはガブや他の護衛、それに侍女さんもいるけど、そんなことは構わなかった。

努力して作り上げた可愛い陽菜も、黒いことを考える陽菜も、全部可愛いと伝えたのだ。

「でも、葉菜は私以外に好きな人を作ったじゃない」

拗《す》ねたように頰《ほお》を膨《ふく》らませる陽菜の言葉に、みるみる頰《ほお》が熱くなる。昨晩のことを思い出してしまった。

「それとこれとは別だよ」

「なにが別なのよ」

責めるような口調になった陽菜が、詰め寄ってくる。私はちょっとたじろぎつつも、まっすぐに陽菜を見つめた。

「陽菜は、なにがあっても妹だもん。もしも離れて暮らすことがあっても、陽菜が陽菜なのは変わらないし、陽菜になにかあったらわかる気がする」

そう言って微笑んだら、数名の護衛が慌てた声を上げる。

「ガブスティル様、そのように力を溜《た》めては……」

声がしたほうを振り返ると、なぜか手に魔力を溜《た》めたガブが立っていた。

……ん？　ガブはどうしてそんなことしているんだろう。

力を溜《た》めた手を、なぜか陽菜のほうに向けているし、なにしようとしていたの？

私が不思議に思っている間に、ガブと陽菜はなにやら目配《めくば》せしていた。

それから陽菜は私に向き直り、なぜかちょっと得意げな表情をする。

「……葉菜にとって、私が一番？」

『あそこで私を睨《にら》んでいる護衛より？』――そんな声が陽菜から聞こえた気がする。

「一番とかじゃないよ」

そう答えた瞬間、ガブがガタッと大きな音を立てた。なんだかちょっと動揺しているようだ。でも……なぜ？

ガブの行動の意味はよくわからないけれど、今は陽菜との話のほうが重要な気がする。

「陽菜は陽菜だもん。順位なんてない。唯一だよ」

「そっか」

私が答えると陽菜は、肩の力が抜けたようにつぶやいた。

それから、なぜかガブのほうを振り返り、ニヤリと笑う。

その様子を見て、うんざりした表情をガブがした時――ドアをノックする音がして王子がジェシール様を従えて入ってきた。

「すまないね、邪魔《じゃま》だったかな」

王子の言葉に、ガブと陽菜と私が三者三様の返事をする。

「ええ」

「そんなことありませんわ」

「ええと……はあ……」

そんな私たちの反応を、王子は特に気に留めていないようだ。

いつも通りニコニコしている陽菜だけを見て「今日もお美しい」と、お決まりのセリフを吐いてから、真剣な顔をした。

「ガブスティル、伝達事項がある。お二人にも聞いていただきたい」

王子の緊張したような表情に、私は背筋を伸ばし、陽菜は怖がるように私の腕にしがみついてきた。

その様子を、王子は目を眇《すが》めて見ながら口を開く。

「周辺国の大使が、巫女姫たちに祈りを捧《ささ》げたいと要請《ようせい》してきている」

「まあ」

陽菜が口を手で押さえて驚きの言葉を発する。

祈り……？　私たちに？

「祈られても、なにもできませんよ？」

私はおずおずと口を開いた。なにかを望まれても、なにもできることはない。

しかも私は、魔力のコントロールがイマイチで……と、そこまで考えてハッとした。私たち二人に祈りをと言ってはいるが、周辺国の狙いは陽菜だ。この間の伯爵のように陽菜の力を得たいと考えてのことだろう。

「陽菜は、渡しませんよ？」

私が全力で守る。

睨《にら》み付ける私の視線を真正面から受け止めて、王子は苦々しい顔になる。

「当然だ。白姫と黒姫がほしいと言われても、我が国は全力で抗《あらが》う」

私はともかく、陽菜は……そうか、今のところ王子に寵愛《ちょうあい》されているのだった。でも、王太子妃という立場でもない人物を、国はどの程度守ってくれるのだろう。

急に不安になり、黙り込んでしまう。

すると突然、周囲に緊張が走ったように感じた。

それを感じ取った私は、周りを見渡す。侍女さんも護衛の方も、青い顔でこちらを呆然《ぼうぜん》と見ていた。

気が付くと王子が右膝《みぎひざ》をつき、左の手を握《にぎ》りしめて床についていた。

これがどういう意味を持つ仕草なのかはわからないが、周りが息を呑んだことから、王子たる彼がやっていい姿勢ではないのだろう。

そして、彼のその姿勢に倣《なら》い、周りの者が次々に両膝《りょうひざ》をついていく。

日本で言えば、土下座のような体勢だ。

「なに……？」

思わず口を突いて出た声は、震《ふる》えていた。どうして、突然こんなことをされているのかわからない。

「この国に留まっていただけるのならば、どんな望みも叶《かな》えましょう。私どもは、すべてあなた方の足元に平伏します」

王子の、淡々とした声が聞こえた。

さっきまで、にこやかにお茶を入れてくれていた侍女さんも。今朝、にこにことドレスを一緒に選んでくれた侍女さんも。すっかり顔なじみになってしまった護衛の方も。王子と共にやってきていたジェシール様までもが頭を床につけた。

――どうして。

さっきまで、皆気さくに笑っていてくれたのに。足元に平伏って、なに。誰がそんなことを望んだの。誰がそんなことをさせたの。

それは、私の魔力のせい？　この、恐ろしい力のせい？

焼き付くような痛みが胸に走り、まさかと思って振り返ったそこには――

堂々とまっすぐに立つガブがいた。

この部屋で、私と陽菜以外に膝《ひざ》をついていないただの一人。

思わず、手を伸ばした。

私はガブに、伸ばした腕ごと体を包み込まれた。

「葉菜、大丈夫だ。お前のせいじゃない」

耳元でささやかれる言葉に、涙が溢《あふ》れた。

ガブの背に、縋《すが》り付くように腕を回した。

「なに……してくれてんの、このノータリンは」

陽菜のすごく低い声が聞こえた。

まずい。真面目《まじめ》なお怒りモードだ。

ガブの胸に掴《つか》まったまま振り返ったその先には、満面の……黒い笑みを浮かべ、王子の前に立つ陽菜がいた。

「のー……？」

王子が顔を上げて、不思議そうに陽菜を見た。

「ああ、ごめんなさい。私ったら語彙《ごい》が多いものだから、殿下には理解できない難解な言葉を使ってしまいましたのね」

陽菜は左手の指先だけを頬《ほお》に添える優雅《ゆうが》な仕草をしながら、首をゆっくりと横に振った。

そして、小さな子に教えるように、床に膝《ひざ》をついている王子に言う。

「なんて、脳みそが足りない方なのかしらっていう意味なの」

「は……？」

王子のポカンとした顔が痛い。

「誰が平伏してほしいなんて言ったの？」

ふふふっと、声を上げて笑う陽菜は、いつも通り可愛い。

だが、話す内容は誰にでもわかるほど、非常に嫌味たっぷりだ。

「やだ。平伏したくらいで、私たちがここに留まるとでも思ったの？　随分《ずいぶん》安く見られたものね。そんな簡単なことなら、他の国も喜んでするわ。私たちを馬鹿にしているの？」

誰も、動けない。

私も、動けなかった。

「さっき、どんな望みでも叶《かな》えてくれるとおっしゃったわね？　じゃあ、この国の名前が嫌いだから隣国の属国になってくださる？」

陽菜は、ころころと鈴を転がすように可愛らしい声で笑う。

「ああ、そうね。適当にそこら辺の人間を連れてきて、この人を国王にしま～すっていうお願いを聞いてもらうのも面白そうだと思わない？」

うふっ。陽菜はそんなふうに肩をすくめて笑う。

王子は答えない。

「なにも答えてくれないのね？　そっか。ただ単に、贅沢《ぜいたく》をさせてくれるという意味だったのかしら？」

陽菜の声が残念そうな声色に変わる。

そして、思い付いたと言わんばかりに、はしゃいだ声を上げた。

「だったら、世界中の砂糖を集め尽くして。私、砂糖でできたお城というものに住んでみたいわ。ねえ、素敵だと思わない？　雨で溶けてしまったらもう一度作ってくれるんでしょう？　大きなお城を作るとなれば、市場に出回る砂糖はなくなるだろうけれど――してくれるでしょう？」

答えなさいとでも言うように、陽菜は足を踏み鳴らす。

ごくり、という喉《のど》の音と、苦しげな王子の声が聞こえた。

「いえ……」

その言葉に、陽菜の表情から、笑みが消えた。

「できないことをぺらぺらと、うさん臭い笑顔で語ってんじゃないわよ。――反吐《へど》が出る」

あ～あ。やっちゃったとしか言えない。

可愛らしい口調も保てないほどに怒っている陽菜を見るのは久しぶりだ。

「それとも、見目麗《みめうるわ》しいあなたとジェシール様が跪《ひざまず》くだけで私たちが言いなりになるとでも思った？」

陽菜は王子の目の前に立ち、しっかりと王子を見下ろす。

わざわざ胸の前で腕を組んで、見下していますと態度に表しながら。

それから陽菜が王子の頭に手をかけた。

「陽菜っ！　それ以上は——」

思わず呼びかけて手を伸ばす。

けれど、遅かった。

全体重をかける勢いで、陽菜が王子の頭を床に叩きつけた。

「ぐっ……！」

痛みか、屈辱《くつじょく》か。初めて王子が苦しげな声を上げた。

「こんなことするのは、あなただけで充分。他の者を追随《ついずい》させるのはやめて。私たちが、こんなことを望まない人間だとわかってくれている人たちもいるのに、あなたがそれをしたことで、続かざるを得なかった」

その言葉を聞いた途端《とたん》、この部屋付きの侍女さんたちの肩が反応して揺れた。

……そうなの？

本当に、自分たちの意思でしたわけではないの？　私たち……主に私に恐れをなして平伏しているわけではないのね？

陽菜が手を離しても、王子は頭を上げなかった。

陽菜はそれさえも鼻を鳴らしただけでなんの言葉もかけない。

「今叶《かな》えて欲しい本気の望みがあるわ」

陽菜が、笑みを含んでいない声を出した。

「――二度と顔を見せないで」

それは、完全な拒絶だった。

次いで、陽菜は急に畏《かしこ》まった口調で王子に語りかけた。

「今、隣国に行こうなんて考えていません。……今した数々の発言も、軽率だったと反省していま
す。私たちはここで、どれだけよくしてもらっているかを理解しているつもりです」

陽菜はガブに視線だけで『王子を外に出せ』と促《うなが》した。

「はあ。葉菜、少し待ってろ」

ガブは、ため息を吐いたあとで、ちゅっと音を立てて私の頬《ほお》にキスをして、腕を離した。

って、皆いる前でなにしちゃってんの⁉

真っ赤になった私を、陽菜が笑って眺《なが》めている。

そんな風に陽菜に見られて、私も『ありがとう』と笑顔を向けた。

陽菜が怒ったのは、私のためだとわかっている。いきなり皆から平伏され、皆私を怖がっている
からそんなことをするんだと怯《おび》えた私に、そんなことないと伝えるために怒ってくれたのだ。

ガブが、気に入らなそうに陽菜を見てから、王子に近付いていく。

「はい、行きますよ。運びますよ。放心してないで、少しは自分で動いてください」

ガブが適当に王子を部屋の外に運んでいく。

そんなに手荒に扱っていいのだろうか。王子は腕だけを掴《つか》まれ、ずるずると引きずられていった。

そうして、王子を廊下に出してひょいっと振り返ったガブに、陽菜は顎《あご》で示す。

「そっちも」

綺麗《きれい》な顔を驚きに固めたままのジェシール様だ。

ガブは嫌そうに顔を歪《ゆが》めて、けれど逆らわずに、王子についてきた他の侍従たちも同じように廊下へ連れ出した。

全員を廊下に出して扉を閉めたところで陽菜はうなずき、部屋に残った侍女さんたちに言う。

「さ、今のはなかったことにしてほしいな。最敬礼も、して欲しくない」

「わ、私も！」

陽菜の凛《りん》とした声に助けられるように、私も声を上げた。

すると侍女さんたちは泣きそうに顔を歪《ゆが》めて寄ってきてくれた。

「申し訳ありません」

侍女たちは口々にそう言い、丁寧に腰を折った。その瞳には、皆一様に涙が滲《にじ》んでいる。

私はこの世界にきて初めて、陽菜とガブ以外に仲間ができたように感じて嬉しかった。

◆ ❖ ◆

次の日のお昼過ぎ。

私と陽菜が自分たちの部屋のソファで談笑していると、ドアをノックする音が鳴り響いた。

「やあ！」

満面の笑みの王子がやってきた。なんだか、いつもよりフレンドリーだ。昨日あんなことがあったのに、にこやかに登場できるメンタルの強さには感心する。

「葉菜、この果物、とてもおいしいわ」

「あ、あ……えと、そだね」

陽菜は完全無視することに決めたようだ。だけど、私はそこまで器用じゃない。

王子をいないものとして扱う陽菜に、このにこやかな王子の取り扱いをどうしようかと、チラチラと王子に視線を向けた。

すると、突然体が浮き上がって、耳を舐《な》められた。

「ん、なっ!?」

なにが起こったのかと振り向けば、いつの間に近付いてきたのか、ガブが私を抱きかかえて膝《ひざ》に乗せてソファに座ってしまった。……背後の人は、ただのクッションだと思おう。きっとそれがいい。

そのクッションは、私の耳元で小さくささやく。

「殿下ばかり見ていたら、ここで濃厚なキスをする」

見ません！　見たこともありません！　ガブの低い声の脅《おど》しに、即座に果物だけを見つめることにした。

「見つめるなら、私にしてはどうか？」

いいこと思い付いたと言わんばかりの声が耳元で聞こえるが、反応できない。

私がガブのことを気にせずお茶を啜《すす》ると、後頭部に頬《ほお》ずりされた。

……今の私の反応に満足したらしい。クッションはご機嫌のようだ。もう、どうしたらいいんだろう。迷惑すぎる。

顔を熱くしながらも平静を装《よそお》って向かいの席に座る陽菜と会話をしようとすると、無視されていた王子が陽菜の隣に座った。

「私にもお茶を」

王子がそう言えば、即座に準備されるティーカップ。

そりゃそうだ。私たちは巫女姫という立場だけれど、一介の使用人が陽菜と同じ態度を取れるはずもない。

「陽菜様、ご一緒させてください」

にこにこと陽菜に話しかける王子は、私とガブは無視することにしたらしい。

うん、それがいいと思う。自分以外の誰かが私に話しかけると、このクッションは怒り出しそうだから。

陽菜は、私の状況を見て、呆《あき》れた顔をしてから、王子へ満面の笑みを向けた。

「殿下、私は葉菜と二人でお茶がしたいのです」

「ここにはすでにガブスティルもいるでしょう？　ならば私も一緒に……」

陽菜の断りの文句《もんく》を即座に否定しようとした王子の言葉に、陽菜はさらに被せた。

「あれは椅子《いす》です。葉菜の椅子《いす》。私は葉菜と二人きりで休憩《きゅうけい》しております」

この背後のクッションは、陽菜には椅子《いす》に見えるらしい。

なるほど。もう、椅子《いす》でもいいか。

そんなことを考えていたら、椅子《いす》が私の耳を舐《な》めたりしたので、後方へ向けて思い切り頭を振ってみた。「ぐぅ」と呻《うめ》く声がしたけれど、椅子《いす》の心配など不要だ。

その様子も目に入っているはずなのに、こっちは完全無視して、陽菜に笑顔を振りまく王子を見て、陽菜も笑みを深くする。

「殿下、私が昨日言った願いは聞き届けていただけないのですか？」

人差し指を顎《あご》に当てて、首を傾げる陽菜。ちょっと引くくらい作った仕草だ。だけど、不思議とさまになっていて、可愛いと私は思う。

「砂糖の城？　陛下のすげ替え？　ああ、陽菜様、それはできないのです」

非常に残念そうに両手を広げて首を振る王子。

……なんだろう、この二人は。

芝居《しばい》がかった演技を、二人して繰り返して。

「そんなものではありませんわ。……ああ、殿下。そういえばノータリンでしたわね。申し訳ないことをいたしました。昨日のことも覚えていられないほど記憶力がないだなんて」

ほう……と、切なげなため息を陽菜が吐く。

王子が「あなたにそんな顔をさせるなんて！」とかなんとか叫んで、陽菜が笑って、王子が笑って、陽菜が怒って、王子が嘆《なげ》いて……

「…………あの、それって、面白いの？」

思わずそう聞くと、陽菜にギロリと睨《にら》まれた。

「面白いわけないでしょ！」

陽菜が叫んだ。

突然変わった陽菜の口調に、王子の表情が嬉しそうなものに変わった気がする。

「なんなの、あんた！　顔見せるなって言っているのよ！　そんなことも理解できないの？　馬鹿なの？　その頭は飾りなの？　役に立たないただの飾りなら、それらしく人間様のご迷惑にならないように、片隅でじっとしてなさいよ！」

陽菜って体力ない割に意外と肺活量はあるよなあと感心する。これだけのセリフを一息でまくし立てるのは並大抵じゃない。

そんなことを考えながら、ちらりと王子を見ると、なぜかうっとり顔。ちょっと気持ち悪い。

王子の表情を見た陽菜は、さらに憎々《にくにく》しげな顔をする。

その顔を、王子は愉快そうに眺《なが》めて、肩を揺らして笑った。

——少し、意外だった。

昨日の一件で、いつもにこやかにしていて可愛い陽菜の姿に好意を寄せていた人たちは、明らかに引いているようだった。ジェシール様も今朝会ったら、かなりよそよそしかったのだ。

周りの人の態度が激変したのを見ても、陽菜は「別にいいわ」と笑っていたけれど。陽菜のその強さを、私は綺麗《きれい》だと思う。強がりを言っている部分もあったと思うけれど、そんなところは可愛いと思う。

だけど、そう思わない人も大多数いる。王子もそちら側の人間かと思っていたけれど、どうやら違ったらしい。

感心しながらそんなことを考えていると、突然立ち上がった王子は、陽菜に跪《ひざまず》いた。

「美しい」

……聞き間違いだったろうか。そう思ったのは私だけではなかったようだ。

「はい？」

陽菜は、王子に手を取られそうになるのを避けながら引き気味に聞き返した。

「愛らしい白姫と、苛烈《かれつ》な陽菜様。両方が同じ人間の中に存在するだなんて」

「ちょ、なに？　近付かないで」

あ、面白い。陽菜が怯《おび》えてる。思わず笑ってしまうと、「葉菜、覚えてなさいよ！」と睨《にら》まれた。……陽菜って、視野が広い。

「ああ、素晴らしい。あなたのような方が存在するだなんて。奇跡だ」

「なんの冗談なの」

陽菜は気味が悪いという感情を隠さずに言ったのに、王子は首を傾げながら微笑んだ。

「あなたのことを愛おしいと言っているのです」

「その冗談を言うために、今日はわざわざいらっしゃったの？」

陽菜はわざと顎《あご》をつんと上に向けて王子を見下ろし、口の片端を上げて笑う。

その表情にさえ、王子はにやりと笑った。

「慈悲《じひ》深き聖女の顔に、強い精神を持つ。これ以上に美しい女性がいるでしょうか」

その言葉に、私は泣きそうになってしまった。

「あなたを美しく思わない人間はいない」

そう、私だってそう思う。同じように思ってくれる人がいることが嬉しかった。

陽菜は少し眉根を寄せただけで、王子の言葉に直接は答えないままに、別の言葉を投げかけた。

「ジェシール様は来なくなったわ」

陽菜は、怒りも悲しみも言葉に宿《やど》さずに、ただ事実を告げた。だけどその裏にある陽菜の想いを汲《く》み取った王子は、軽く笑って答えた。

「女性の好みが私とは違うのでしょう」

王子は膝《ひざ》をついたまま、器用に前へ進む。王子が進んだ分、陽菜はソファから立ち上がって逃げた。

「結婚してください」

「嫌」

王子の告白（多分）に……間髪容《かんはつい》れずに返事をする陽菜に、王子は笑みを深める。大変嬉しそうだ。

「任せてください。きっと、あなたも私を愛するようになります」

無駄《むだ》に自信満々な王子に向かって、陽菜が叫ぶ。

「嫌！」

まあ、そうだろう。なにを任せてほしいのかさえもわからない。

私の冷ややかな視線など無視して、陽菜だけを見つめ続ける王子。必死で首を横に振りながら、じりじりと離れようとしている陽菜。こんな風に押される陽菜、あんまり見たことがない。しかも王子は、陽菜の反応を見て楽しんでいるように思える。

——そんなこんなで、陽菜への王子のアプローチが始まったのだった。

◆ ❖ ◆

それからの日々は、とても慌ただしかった。気が付けば、私たちがこの世界にやってきて、すでに半年が経過しようとしている。

ここ最近は、城も神殿も周辺各国の賓客《ひんきゃく》たちを迎える準備に追われているようだ。

以前、王子が言っていた周辺四国の大使たちの来訪が本決まりしたからである。

準備が忙しいのは、王子ももちろん例外ではない。というか、国王の次くらいに忙しい。

それなのに近頃の王子ときたら、日に何度も私たちの部屋を訪れては、こんな会話を繰り返している。

「ああ、私はもう行かなければなりません。また来ます」

「来ないでください」

「つれないあなたも素敵だ」

「そんな暇があれば、仕事をなさってください」

「私を心配してくださるのですね？　陽菜様には、そんな優しい一面も――」

王子退場。侍従に引きずられるようにして、執務室に連行されていった。

最初の頃は、侍従たちもどうやって王子を連れ出そうかと右往左往していたが、毎日二、三回繰り返されれば慣れたもので、陽菜を振り返ろうとする王子をくるくる回しながら連れていった。

王子が出ていったばかりの扉を見つめ、陽菜は大きなため息を吐く。

「今日は特に忙しいはずなのに、なにしているのかしら」

そう、周辺国の十七日間に及ぶ来訪は、もう明日からに迫っていた。

私たちも、来賓《らいひん》を迎えるにあたり、白姫と黒姫にふさわしい衣装をと、黒と白の輝くドレスを新たに作ってもらっている。明日からは、それを着て来賓《らいひん》と会うことになっていた。

私たちはホストである中央国とは少し立場が違う。でも、この国に身を置かせてもらっている者として、中央国のためにできることがあればと準備に協力してきた。一応、中央国の者の一人として振る舞うつもりでいる。

最低限の挨拶《あいさつ》やマナーも教わったし、準備は万端《ばんたん》。

――いよいよ明日、周辺国の大使たちがやってくる。

6

周辺国——中央国の東西南北に位置する四国——の大使たちが入城してくる日は、朝から皆が走り回っていた。

普段は静かな私たちの居城の周りも、準備で騒がしい。

今、私たちの部屋にはたくさんの侍女さんが集まり、準備を手伝ってくれている。

私の衣装は、真っ黒で、裾《すそ》が床につくほど長く、体のラインに沿った長袖のワンピース。レースもなにもついていないシンプルすぎるドレスである。体の線がくっきりと浮かび上がって、水着姿のほうが恥《は》ずかしくないのではないかとさえ思うほど。しかも、上着もなにもないから、ちょっと肌寒い。

髪型は、指定された通り一つに束ねている。せめて下ろしていれば、少しは髪の毛で体の線を隠すことができたかもしれないのに……私の髪型を決めた誰かに作為的ないやらしさを感じるのは、私の思考がおかしいからか。

うんざりしながら姿見を見ていると、陽菜が隣から声をかけてきた。

「葉菜はまだいいわよ。私は白よ、白！」

陽菜の衣装は、私とまったく同じワンピースの色違い。色は白姫にちなんで、もちろん白だ。

服の下には、矯正下着《きょうせい》のようなものをつけているので透《す》けはしないが、陽菜は気に入らなそうに腕を広げて見せた。

準備をしてくれた侍女さんたちは、口をそろえて「なんて美しいんでしょう」と言うが、着ている当人たちは落ち着かないことこの上ない。

この衣装を決める会議に参加していたであろうガブや王子に文句《もんく》を言いたいところだが、二人は現在ものすごく忙しいらしい。王子は賓客《ひんきゃく》のもてなしの最終確認に。ガブは四国の大使たちが来国している間の最高警備責任者という任に就いたらしく、城内はもちろん、街や国境の警備状況までも把握《はあく》しなければいけないのだという。

そういうわけで、王子ともガブともここ一か月、ゆっくりと話などできていない。

私は陽菜と視線を交わして、二人で諦《あきら》めのため息を吐きながら、大使たちと会う謁見《えっけん》の間《ま》に向かった。

◆ ❖ ◆

謁見《えっけん》の間《ま》は、荘厳な雰囲気の広々とした場所だった。

真ん中に大きくて重厚な机と椅子《いす》が配され、部屋の突き当たりの席に中央国の国王が座る。その傍《そば》に陽菜と私は王子と共に立った。

そして、目がくらみそうなほど大勢の人がひしめく室内をぐるりと見渡す。皆、かなりカラフルだ。

光り輝く金髪に銀髪に青い髪、それから緑と赤の二色使い……ええと、クリスマスみたいな髪色の人もいる。あれは地毛なのだろうか。すごく気になる。

服だって、真っ白で統一していたり、ド派手なマントを羽織《はお》っていたり、目を見張るほどの背高帽子をかぶっていたり、一目で作り物とわかる翼を背中に付けていたり……ギャグではなくて？と目を疑う人もいる。

そうしてあちこち見回しているうちに、四国の代表である大使たちが歩み寄ってきた。

その瞬間、私は思った。

——各国の大使の選出基準は、見た目だ！

王子もジェシール様も美形だとは思っていたが、この大使たちの中では埋もれてしまいそうだ。皆、見目麗《みめうるわ》しすぎて目がちかちかする。

そんな人たちが、なにかを期待する目でこちらをがっつり見つめてくることが——すごく嫌だ。

怖くて、ガブを視線だけで探すけれど、視界に入る場所にはいない。

それもそうだ。ガブは私たちの背後にいるのだから。

国王のすぐ傍《そば》に王子と私たちが立ち、さらにそのうしろに神官長や大臣などの偉い人たちが立ち、警備はそのうしろだ。私たちの横にも警備は並んでいるのだが、ガブは全体を見渡せる場所にいるらしい。

物々しい雰囲気を感じ、私は緊張で指一本も動かせない。だが、その横で陽菜はにこにこと笑っている。頼もしくて、ほっとする。

ドキドキしながら立っていると、進み出てきた大使たちの中の一人が口を開く。

美しく輝く水色の髪の男性が、同じように水色の瞳を輝かせてこちらを見てきた。

「お目にかかれて光栄です。私は西国王太子、アラディナル・ガラディス・フルタールと申します。巫女姫様方の麗《うるわ》しきお姿に、胸が詰まり言葉が出ません」

そう言う割に言葉がすらすら出てくるな。それに、名前が長いし、なんと返事をしていいのかわからない。立ち尽くす私の横で、陽菜がゆっくりとうなずいた。

「身に余るお言葉ですわ」

恥《は》ずかしそうに頬《ほお》に手を添える姿は、指の先まで完璧《かんぺき》だ。

陽菜はこの日のために、侍女たちが開催してくれたマナー講座をかなり真剣に受けていた。私たち巫女姫は立場上、どういう態度を取っても構わないのだと思うが、どうせ各国から選《よ》りすぐりの使者が来るならば、存分にちやほやされたいと考えてそうしていたらしい。……さすが陽菜。

西の国に続いて、東、南、北の国々が順番に挨拶《あいさつ》をしていく。この順番は、前もって聞かされてはいた。国の大きさ順なんだとか。

銀髪の、ちょっとどころか、すごくジェシール様と被る容姿の東の国大使。

赤と緑の髪に逞《たくま》しい体躯、精悍《せいかん》と呼ぶべき顔をした南の国大使。

背高帽をかぶり、背中には翼を背負った北の国大使。くりくりした茶色の瞳とふわふわの金色の髪も相まって天使っぽい雰囲気だ。

それぞれが、それぞれに考え抜いてきたであろうセリフで私たちを誉めそやしていく。奇跡の人だったり、太陽だったり月だったり、大輪の花だったり、宝石だったり……に、私たちを例えてくださる。

それを聞くたびに、陽菜は恥《は》ずかしそうに微笑んで謝辞《しゃじ》を述べる。私は身に余るどころか、身に覚えのない賛辞《さんじ》に思考が固まってしまって、黙って突っ立っていた。……自分の対人スキルの低さにうんざりする。

尊敬のまなざしで陽菜を見つめると、呆《あき》れた視線を向けられた。

――すみません、お世話になります。

にへらと笑うと、小さくため息を吐かれる。

今日ここでの公式な顔合わせを済ませたあとは、それぞれの大使が個別に私たちの住む建物を訪れ、茶会をするそうだ。

私たちは、中央国にお世話になっている身だから、中央国に迷惑になるような態度を取ってはいけないと思う。中央国にとっての賓客《ひんきゃく》は、私たちにとっても賓客《ひんきゃく》だ。いわば仕事だと認識している。自分の会社に訪ねてきた顧客《こきゃく》に対しては、失礼のないようにもてなさないといけない。これ、社会人の常識。私だって召喚《しょうかん》される前は会社勤めをしていたのだから、それくらい心得ている。……さっきは、せっかくお褒《ほ》めいただいたのに呆然《ぼうぜん》と立ち尽くしてしまったけれど。これから挽回《ばんかい》しなければ。

とはいえ、これから二週間以上も賛辞《さんじ》攻めにされるのかと思うと、頭が痛くなってくる。……仮病を使ってはダメだろうか。

気が重くて、ため息を吐きながら陽菜に愚痴《ぐち》ると、不思議そうな顔をして返事をされた。

「そう？　手放しで絶賛されて、気持ちがいいわ」

陽菜は大物だった。美形に賛辞《さんじ》を雨あられと降り注《そそ》がれて非常に気分がいいと言う。もっとちやほやされるならされたいと、茶会は楽しみであるらしい。

私が嫌そうな顔を向けると、陽菜は無邪気に笑った。

「葉菜は黙ってお茶でも飲んでいなさい。私一人で応対して、好感度独占だわ」

私が話そうが黙っていようが、皆、陽菜の虜《とりこ》だろう。面白そうにしている陽菜に安心して、私はほうっと息を吐いた。

◆　◈　◆

翌日、最初に私たちの部屋を訪問してきたのは西国の大使だ。

水色の髪と瞳を持つ、あの王太子。名前は……長かった。アラなんとかだったのは覚えている。

「麗《うるわ》しき姫君方に、我が国最高の宝飾品をお届けに上がりました！」

そう言って、持ち込まれる布や宝石。

これ、誰が着るの。誰がつけるの。私には似合わないと思うのだけれど。

運び込まれる絢爛豪華《けんらんごうか》な品を眺《なが》めていると、陽菜が困った顔で言った。

「まああ。私たちには、贅沢《ぜいたく》すぎる品々ですわ」

「そのようなことはありません！　姫君はお美しい。どうぞ、この石をあなた様の美しさを引き立てるものの一端に加えていただけますよう、お願いいたします」

水色殿下は陽菜にだけ話しかけていた。まあ、私は楽でいいのだけれど。

「うふふ。では、侍女たちにお預《あず》けになっていただけますか？　私には、説明をいただいても難しくて理解できませんの」

今、一つ一つの自慢を聞く気はないとばかりに、陽菜は侍女さんを呼び寄せて、早々に衣装部屋へと持ち込ませる。

「私についてくださっている侍女さんはすごいのです」

宝石を持ち去ろうとする侍女さんに声をかけようとする水色殿下に、陽菜は内緒話でもするように声をかける。

「今、私が着ているこのドレスも宝石も、侍女さんが選んでくれました。こうして、私をいつも綺《き》麗《れい》でいさせてくれるのですわ。ねえ、このドレス、似合っているでしょう？　きっと、殿下にいただいたものも、あの子たちにかかれば、もっと輝きますわ！」

そんな話をされれば、水色殿下も侍女さんを引き留めている場合ではなくなり、

「あ……ええ、お似合いです。ええ、とても」

と、動揺して瞳を揺らしながらも答えた。

陽菜は両手で頬《ほお》を挟み、「ありがとうございます」とはにかんで笑う。

それ以上、水色殿下は贈り物についてなにかを話すこともなく、陽菜が無邪気な笑顔で「もうご用事は終わりですか？」と聞いたところ、うなずいて大人しく帰っていった。

もらうものだけもらって、面倒くさい説明は一切聞かない。陽菜はやっぱりすごい。

◆ ❖ ◆

次は、東の国だ。

大臣だと名乗るジェシール様似の銀髪美形は、その翌日にやってきた。

「我が国自慢の料理の数々、ご堪能《たんのう》いただければ幸いでございます」

部屋から連れ出され、中庭に呼ばれたと思ったら、そこに大きくて長いテーブルセットが用意されていた。そこに見たことのない食材を使った料理が、所狭しと並べられている。

外に連れ出されるとあって、今は護衛の数が増えている。大使たちが来てから、直接私たちの護衛にはついていなかったガブまで控《ひか》えていた。

「まああ！　なんて素晴らしいの！」

陽菜が両手を顔の前で組んで大げさと思えるほど喜びを表現した。そんな陽菜を見ながら、陽菜は表現のレパートリーが多いなあと思う。

私は、テーブルの中央あたりにあるワニの首のようなものが気になって、喜ぶどころではないのだけれど。

「私たちだけでは食べきれませんわ。これほどのお料理を準備していただいたというのに、残してしまったら申し訳ないわ」

笑顔から一転、悲しげに目を伏せる陽菜に、銀色大臣は慌てる。

「いえ！　召《め》し上がれるだけ召《め》し上がっていただければいいのです」

「でも、すべて命があったのでしょう？　残すだなんてできないし……」

迷うように瞳を揺らす陽菜に、どうにか食べてもらわないとと、大臣も一緒にゆらゆらしていた。

外見はジェシール様に似ているけれど、内面は似ていないようだ。ジェシール様はこういう時、動じず自分の要求を突き付けるタイプだ。それも、作り物の笑みを貼り付けて。

その大臣の動揺を見て見ぬふりで、陽菜は声を上げる。

「そうだわ！」

ぱちん！　と陽菜の両手が可愛らしい音を立てる。

「ここにいる皆に食べていただけばいいのだわ！」

そう言いながら、陽菜はテーブルの端に準備されていたたくさんのお皿を手に取って、侍女さんや護衛の方に配り始めた。周囲の人間は、その行動を止めることもできずに、呆然《ぼうぜん》と眺《なが》めたのだった。

私が不思議に思って陽菜の行動を眺《なが》めていると、小さな声で陽菜は言う。

「まずは他の人に毒見してもらわなきゃね」

――なんてぬかりない。

にこやかな表情を変えずに私にささやく姿は、白い衣装と相まって天使のようだ。それなのに、言っている内容は、策士のような陽菜だった。

「私も参加させていただいてもいいかな？」

そこに、南の国大使が現れた。

『あなたを守る盾《たて》と矛《ほこ》になりたい』と初日の挨拶《あいさつ》の時に言っていた言葉を思い出す。その言葉通りに逞《たくま》しい体と流れるような身のこなし。精悍《せいかん》な顔つきの中に、たれ気味の目が甘さを醸《かも》し出している。

……というのに、緑と赤の髪に深い緑の騎士服、それに白い襟巻《えりま》きをしているため、クリスマスツリーにしか見えない。クリスマス騎士……その格好でイケメンが台無しだ。

いっそのこと、頭に星のオーナメントを載《の》っけてくれないだろうか。この間、中央国の国王がかぶっていた王冠がそれっぽいな。あれをかぶせたら、出来上がりな感じだ。

それを想像して、少し笑った。

その瞬間——周囲がざわついた。

不思議に思って周りを見渡すと、驚きを露《あら》わに私を見ている人が数人いた。

なに？　私、なにかした？

あ、誰かが現れた途端《とたん》笑うだなんて、感じが悪かったということかもしれない。

そう思って、もう笑わないように少し顔を俯《うつむ》けてその空気をやり過ごした。

幸いにも、南の国大使は私の態度を気にしていない様子で声をかけてくる。

「是非見ていただきたいものがあるのです」

彼が背後の侍従に合図を送ると、大きな籠《かご》が運ばれてきた。

「それは？」

ガブがそう言いながらスッと私たちの前に立ち、視界を塞《ふさ》いだ。

両腕を軽く広げ、結界を張る体勢に入っている。毎日ガブの訓練を受けている成果か、ガブの魔力の動きはなんとなく、空気の流れのように感じられるようになっていた。

「ウィンの……子供です」

そう言いながらにっこり笑うクリスマス騎士が、ガブの腕の間から見えた。

「大丈夫です。まだ、子供なので……ほら、こんなに愛らしい」

そう言ってクリスマス騎士が両手で抱え上げたのは、白くて丸い毛玉だった。

その毛玉は、前足をクリスマス騎士の腕にかけ、青くてまん丸の瞳でキョロキョロと周りを見渡していた。よく見れば、なんと背中に小さな翼が生えている。その翼がパタパタと動き、少しだけ体が浮いていた。

「このウィンは、まだ生まれたばかりなのです。力も弱く、飛ぶことも、軽く浮く程度しかできない」

彼はガブの背後まで腕を伸ばし、ウィンを陽菜に差し出した。

「抱いてみませんか？」

しかし陽菜は、ニコニコするだけで受け取らない。

そういえば、陽菜は小動物が苦手だった。

『子犬？　子猫？　なにもせずに可愛がってもらう存在は私だけでいいのよ。私はこの外見を維持するために努力をしているわ。それなのに子犬や子猫は、小さいってだけで私を差し置いてちやほやされるなんて許せないわ』

と、納得できるようなできないような……いや、できないな、ってことを胸を張って言っていた。

子犬や子猫たちの丸い小さな姿を見るとイラつくのだとも言っていた。

私には、さっぱり理解ができないのだが。

クリスマス騎士は、陽菜が喜んで手を出すことを疑わず、満面の笑みを浮かべながらウィンを差し出し続ける。

陽菜は笑ったまま固まっていた。この子を抱くのは嫌なのだろう。

ガブはというと、危険がないとわかっている状態では他国の大使の動きを制限することはできないのだろう。陽菜の出方を見ているようで、じっとしている。

「陽菜」

私が声を発すると、全員の視線が私に集まったような気がする。注目されるのは嫌だが、そうしないとこの場は収まらないと思った。

「私が代わるわ」

陽菜の返事を待たずに、私はクリスマス騎士に近付き、毛玉を抱き上げた。クリスマス騎士は、陽菜に受け取ってもらいたかったのだろう。顔を強張《こわば》らせていた。

クリスマス騎士の気持ちはわかるが、贈り物の選択ミスだ。諦《あきら》めてもらうしかない。

毛玉を抱き上げると、思った以上に重かった。子犬と同じような見た目だから、同様に軽いものだと思っていたけれど？

そして――持った瞬間に気付いた。予想外にものすごく、魔力を保有している。

ガブに視線を向けると、無言でうなずかれた。

この子、大きくなったらどうなるのだろう。そう思って、腕の中の毛玉を見下ろすと、さっきまでパタパタしていた翼を大人しく背中に折りたたみ、じっと私を見上げてきていた。

ものすごく可愛い。

緩みそうになる口元をきゅっと引きしめ、顔を上げて尋ねる。

「この子が、贈り物だと？」

「ええ。我が国にしか生息しない、貴重な生き物です」

私の言葉に、クリスマス騎士は頭を下げて答える。

貴重なと言われても、犬……犬じゃないけど、それに似た生き物を贈り物でもらってもいいものなのだろうか。可愛いし、この子と一緒に暮らせたらいいな、と少しは……いや、かなり思うけれど、ただ可愛いだけの生き物じゃない。魔力がものすごく高いのだ。

対処の仕方がわからずガブを仰ぎ見ると、受け取ってくれそうな雰囲気だった。たから私は、ガブにその子を渡す。確か、贈り物関係はガブがすべて取り仕切っていたはずだ。どうにかしてくれるだろう。

ガブにチラリと視線を向けると、私がこの子を気に入ってしまったことに気が付いたのか、眉間に皺《しわ》を寄せながらも、うなずいた。

陽菜は、ウィンを見てから、私を見てくる。

『私は嫌よ』と視線で訴《うった》えている。さすが陽菜、私の考えなんてお見通しのようだ。

それから陽菜は少し頬《ほお》を膨《ふく》らませたあと、クリスマス騎士に向き直って、お礼を言う。

あ、私もお礼を言わなくちゃと思ったのだけれど、クリスマス騎士は立ち去ってしまい言えなかった。

――こうして私は失敗続きのまま、各国大使との接見の日々を過ごしていったのだった。

◆ ❖ ◆

翌日、今日は大使たちとの面会はないということで、部屋に戻ってようやく一息吐ける時間ができた。

なんだか、すごく疲れてしまった。名前は長いし、格好は奇抜《きばつ》だし。普通に人と会うより何倍も疲れる。

今日のガブは、いただいた贈り物の管理や点検をするらしく、一度は私たちの部屋に来たけれど、ウィンを肩に乗せたまま部屋を出ていってしまった。肩乗り毛玉がとても可愛かった。

王子も、それぞれの大使の対応に追われているらしく、私は陽菜と二人だけでお茶をしている。ひと月ほど前から準備で忙しく、大使たちが来訪してからはさらに時間がないようで、ガブともあまり顔を合わせていなくてちょっと寂しい。

「葉菜、あなたスウォリディス様が好みなの？」

ガブのことを考えていたら、北国の大使がくれたお菓子類をつまみながら陽菜が聞いてきた。

「すう……で？」

陽菜の言葉が聞き取れずに、聞き返すと、やっぱりと言うように腕を広げて呆《あき》れられた。

「南の国の方《かた》のことよ」

南……と言えば、記憶を辿《たど》り、カラフルな頭を思い出した。

「クリスマス騎士のことか」

そう言うと、陽菜は顔をぐにゃっと歪《ゆが》めて笑う。

「クッ……クリスマス！　私も思ったけど！」

声を上げて大笑いする。

「――それで？　どうして葉菜は、彼が現れた時だけ笑ったの？」

陽菜の言葉に、私は目を瞬《またた》かせた。

彼が現れた時？　……そう言えば――

「あの時の彼の頭に王冠をかぶせたら、クリスマスツリーそのものになるな！　って思って」

満面の笑みで答えたら、ため息を吐かれた。

「そういうことね。葉菜の好みではないと思っていたけど」

すごく低い声で、「なんてくだらない」とまで言われた。陽菜だってさっき笑ってたじゃないか！

釈然とせずブスッとしていると、陽菜が困ったように首を傾げる。

「葉菜……今頃、噂になっていると思うわ。『黒姫は、南国の騎士にご執心《しゅうしん》だ』と」

ごしゅうしん……。え？　ええ？

「なんでっ？」

びっくりしすぎて手に力が入り、持っていたビスケットサンドのようなものを砕いてしまった。粉々になったそれが、床にちらばる。

するとすかさず、侍女さんが音もたてずに片付けていってくれた。プロだ。

「葉菜ってば、それまでず～っと無表情だったくせに、彼が現れた途端《とたん》、突然笑うんだもの。びっくりしちゃったわ」

無表情……？　あれは、緊張していただけなのですが。

「無表情だったのは、なにかしゃべろうと、頭をフル回転させていたからなんだよ……？」

情けなくなって弱々しく返したら、陽菜からは苦笑が返ってきた。

「私はわかっているわよ。——でも、他国の人間は、南国の人が出てきた途端《とたん》に、黒姫は嬉しそうにした、と思ったかもね」

そんなあ。

「クリスマス騎士は、どっちかというと、陽菜の好みだと私は思ったよぅ」

がっくりうなだれながらこぼした。

「ああ……そうかな？」

思い出すように陽菜は宙を見つめるけれど、ピンとこないみたいだった。

「体格がよくて強そうなたれ目、陽菜って好きじゃなかった？」

そう言っても、陽菜は首を傾げてそうだっけ？　とつぶやく。

そんな話をしていたら、部屋のドアがノックされ、ガブが入ってきた。さっきまでいた肩乗りウインがいない。残念だ。

ガブは、北国の天使っぽい大使が、これから会いたいと申し出てきたと伝えにきたらしい。

「私たち、疲れてしまったから今日は休みたいわ」

陽菜が頬《ほお》を膨《ふく》らませて言っても、ガブは黒い笑みを湛《たた》えて「残念です」と言う。ガブの表情は、笑顔なのにかなり事務的な感じ。このやり取りを見て、二人の仲がいいと思っていたなんて、過去の自分にびっくりだ。笑顔で陽菜に圧力をかけるガブと、ガブに見せつけるように、いつも以上に私にくっついてくる陽菜。

……でも、この冷え切った空気を感じ取れなかった自分には、ちょっと戻りたいような気もする。

「ガブ、北の国の大使は、すぐにいらっしゃるの？」

そう聞くと、笑顔を消して私を見てくるガブは、どう見ても私に対して怒っているように見える。

「ええ。今すぐにでもと、おっしゃっています。どっかの誰かが誤解を受けるような行動を取ったため、北の国大使殿が私のところに慌てていらっしゃってですね」

うん、やっぱり怒ってらっしゃる。

「南の国の方《かた》との接見はもともと今日の予定だったのに、乱入という形とはいえ昨日お会いしたのだから、我が国もお会いするのを早めてほしいと仰《おっしゃ》っているのですよ」

話ながら、音も立てずにガブが近付いてくる。

「黒姫様は、スウォリディス様だけに笑顔を向けられたとか。愛らしいウィンと、その送り主に夢中だとか？」

あれ、さっきまで腕にくっついていた陽菜はどこに行った⁉

周りを見渡せば、陽菜は「ちょっと図書館に行ってくる」とさっさと逃げていた。しかも、侍女さんたちも退室していってしまう。

――え、北の国大使が来るんじゃないの⁉　ここで待っていなくて平気なのだろうか。

あっという間に、部屋には二人きりで、目の前には眉間に皺《しわ》を寄せたガブがいて、私の視界はガブしか映らない状態になっていた。

「そ……そそ、それは誤解でして」

「そうだろうけどな。私以外に笑いかけるな」

口調が変わった！　両肩に手を置かれて押さえつけられて、見下ろされる。ただでさえ背が高いのに、今日のガブはますます大きく感じる。

「はっ……反省します！」

そう言う私の顔をじっと見つめてから――ガブはぎゅっと抱きしめてきた。

「二度はない」

低い声でささやかれて、もしも二度目をやってしまったらどうなるんですか!? なんてことが頭の片隅を掠《かす》めていったけれど、深く考えないことにしよう。大変なことになる気がする。

「善処《ぜんしょ》します」

日本人らしい答えを返した。

ガブからの返事がなかったのは、諦《あきら》めてくれたからなのか、呆《あき》れられたからなのか。

まあ、どちらでもいいかと思った。ここ最近、忙しかったし、ガブと二人になることはなかった。そうなると、必然的に触れ合いというものも減っていて。

突然の二人きりの時間。随分《ずいぶん》、久しぶりだと感じる。今さっきまで怒られていたというのに、抱擁《ほうよう》がどうしようもないほど嬉しかった。

腕も全部抱き込まれていたから、手をガブの背中に回すことはできないので、胸元を握《にぎ》りしめた。ガブのぬくもりも香りも気持ちがいい。ガブが傍《そば》にいるのって好きだなあと感じた。ずっとこのまま甘えていたい。

ガブの腕の中には、なにが起こっても大丈夫だと……決して私は一人にならないという絶対的な安心感があった。

そんなことを考えながら逞《たくま》しい胸元に頬《ほお》ずりして……しまったと思った。

各国の大使が来ている間は、私たちはそれなりにお化粧をしている。白粉《おしろい》が胸元についてしまったかもしれない。

「ごめん、服を汚しちゃった？」

離れて確認しようとしたが、腕は緩まないままだったので、私はその体勢のままガブを見上げた。

「葉菜、私は怒っているんだぞ？」

ガブの眉間に皺《しわ》が寄っているけれど、さっき部屋に入ってきた時のような威圧感がない。わざと作ったような怒り顔だったから、私は腕を伸ばしてガブの首に回した。

「うん。ごめんね」

ガブの頭をそうっと引き寄せて、頬《ほお》にキスをした。

驚いた顔をするガブに、ようやく怒った顔がなくなったと、私は笑う。――次の瞬間には笑っている場合ではなくなったのだけど。

「んっ……？　ぅんんむっ」

唇が重なったと思ったら、いきなり舌が入ってきて、我が物顔で私の口内を暴れ回る。

驚いて奥に引っ込めた私の舌に自分の舌を絡めて無理矢理引きずり出して、唾液を呑み込む暇さえないほどに、口内を隅から隅まで舐《な》め回された。

私のものかガブのものかわからない唾液が、つーっと首筋を辿《たど》って胸元へ流れていく。

それを追いかけて、ガブの唇も私の胸元に下りてきた。

「ん、ぁっ。ガブ、衣装汚しちゃ……」

真っ黒な服が唾液で汚れてしまったら恥《は》ずかしいので止めようと思ったけれど――

「大丈夫だ。ちゃんと洗い替えは準備してある」

四国の大使たちがいらっしゃる間は、私と陽菜は毎日同じ格好している。だからこの服が汚れてしまっても大丈夫なのだが。

躊躇《ためら》う私に構わず、ガブは胸を揉《も》む。

「ふあっ。ガブ、そうじゃなくて……!」

「これ、邪魔《じゃま》だな」

そうつぶやいたガブが、なんとワンピースの裾《すそ》から手を入れてきた。

「ダ、ダメ!」

こんな昼間からえっちなことをするなんて、恥《は》ずかしくて仕方がなくて、潜《もぐ》り込んできたガブの手を拒《こば》んだ。

「……葉菜をめいっぱい可愛がるから」

目を細めてガブが言った。

その直後、ふたたびガブの唇と私の唇が合わさった。最初は啄《ついば》むように唇を軽く合わせるだけだったのが、角度を変えて、ガブの舌が入り込んで次第に深く激しくなっていく。

ちゅちゅっと可愛い音をさせていたキスは、じゅっと吸い上げるような濃厚なものになり、それと同時に私の舌を絡め取ってしまう。その快感に呑み込まれそうになりながらも、私は理性を振り絞《しぼ》る。

「ガブ、ダメだよ……んっ」

「じゃあ、ここか？」

からかい半分の声で、やわやわと胸を揉《も》まれる。次いでガブの指が、胸の中心でくるくると動いた。

「ふあぁっ。ガブ、ダメって言ってるのにっ」

そんなことをされると、服の上からもわかるくらい先が尖《とが》ってしまう。

「ダメなはずない」

荒い息の中から、無理矢理声を出したところ、私を面白そうに見下ろしてガブは首を横に振る。

そう言いながら、私の服をたくし上げて素早く胸あてを取りさってしまう。私は慌ててガブの手を外そうとする。

「嘘っ。ダメ……ぁっ！」

叫び終わる前に胸の頂《いただき》を口に含まれて、私の口からは喘《あえ》ぎ声が漏《も》れてしまった。

ガブの舌が、すでに硬く尖《とが》っていた私の乳首を、飴玉《あめだま》を舐《な》めるようにころころと転がす。ピンと勃《た》ち、自身を主張している先端は敏感《びんかん》すぎて痛いくらいだ。

口に含まれてないほうはガブの太い指で押しつぶされて、ぐにぐにと形を変えている。

私はもう、立っているのがやっとだった。

「ガブ、他の人、来ちゃう……っ。だめぇ」

誰が訪ねてくるかもわからない場所で、しかもこれから北の国大使に会わなきゃいけなくて、こんなことをしていてはいけないのに。

ガブを止める私の声は、自分が聞いても甘く震《ふる》えていて、もっとしてと言っているようだった。

「葉菜は私のことだけ考えるんだ」

他の人のことを気にしたのが、ガブの怒りに触れたらしい。

ガブは体を屈めて私を覗《のぞ》き込み、「これ以上、余計なことを考えられないようにしてやろう」とつぶやいて、たくし上げた服の裾《すそ》を私に持たせた。

「下ろして体を隠すんじゃないぞ。下ろしたら、二度と服を着られないと思え」

怒った顔をするガブに逆らえずに、私は言われた通りに服をまとめて持った。でも、一応言わせていただきたい。二度と服を着られないってどんな状態ですか！

ガブの手は私の胸をいじりながらも、お腹のほうへ唇を下ろしていく。床に膝《ひざ》をついたガブに臍《へそ》の下辺りまで舐《な》められると、ずくんと体の奥が疼《うず》いた。

「えっ……？」

そのまま待ち望む下のほうに触れてくれると思ったのに、そこまでは下りていってくれない。

ガブは私の片足を肩に担《かつ》ぎ、太ももの内側にキスを始める。時々チクリと痛みがあるのは、きっとガブの印をつけられているからだろう。

その光景を見ていると、この間ガブに抱かれた時の記憶が蘇《よみがえ》ってくる。あの時、どんなことをされたかを鮮明に思い出した時――漏《も》らしてしまったような感覚があり、私は動きを止めた。

「どうした？」

太ももの間に顔をうずめたままガブがしゃべる。くすぐったいので、そんなところでしゃべらないでほしい。しかも、しゃべる合間に、ちゅうっと、音を立てて跡《あと》をつけられた。

「ん、ぁあっ……は、んぅ」

軽い痛みを感じるけれど、その痛みと共に快感があり、その拍子にさらに漏《も》らしてしまったような感触が湧《わ》き起こる。

……お漏《も》らしなんて、子供の頃以来したことはないのに。どうしたというのだろう。

ちょっとどいてもらって、トイレに行きたいと思った。

その……人には言えない場所がどうなっているのか見たい。

ガブを押《お》し退《の》けようとしたところ、中腰になった彼に胸に噛《か》みつかれた。

「んんっ？」

「葉菜、余計なことは考えずに感じていろ」

ガブの左手に、足をぐいと開かされて、思わず叫んだ。

「ちょっと待って！　お願い。トイレに行きたい！」

乙女の恥《は》じらいとか、そんなことを考えている暇はなかった。とにかくその場所を、ガブに見られる前に自分で確認したい。

「尿か？　ここですればいい。葉菜のものならすべて愛してみせよう」

思わず手が出た。もちろん、ゲンコツだ。

「変態！」

「冗談だ」

私からの攻撃を避けもせず受け止めながら、ガブは私の右足を抱え上げてしまった。

「葉菜は……これが、気になるんだろう？」

そして、色を帯びた声で、私が気になって仕方がない場所を示す。

「や、ダメ！」

そう言って私が叫ぶと、ガブはくくっと笑い声を上げた。

「ダメじゃない……ほら、濡《ぬ》れているじゃないか。これは尿じゃなくて、葉菜が感じた証《あかし》の蜜だ。……待っていたんだろう？　こうされるのを」

ショーツの中に入ってきたガブの指が、くちくちと小さな水音を立てて動く。

「ちがっ……！」

顔を熱くして否定はしたけれど、私の体は正直すぎるくらいにガブの指に反応した。体が、覚えてしまった快感。ガブに触られることを待ち望んでいた。

「でも、でも……んっ、んんぅ」

くちゅくちゅくちゅ。ガブの指が浅いところを出入りする。

恥《は》ずかしいと訴《うった》えながらも、私はガブに縋《すが》り付いていた。

――本当は、もっと奥までほしい。そう言ってしまいそうだった。

「ほら……私にしか見せない姿を見せて」

切ない声でそんなことを言いながら、蜜に濡《ぬ》れたショーツを下ろされてしまう。

秘所がすうっと冷たい空気に触れて、ふるっと体が震《ふる》えた。

自分でワンピースをたくし上げて、すべてをガブに見られている。

「あそこをぐしょぐしょにして、こんな明るい部屋で裸体《らたい》を晒《さら》しているなんて。葉菜はなんていやらしいんだろうな?」

そんな意地悪な言葉と視線に、私の体は反応してしまった。内股をつーっと蜜が垂れていく感触がした。

「意地悪、言わないでっ」

恐らく真っ赤になっている顔でガブを睨《にら》むと、ガブは目を細めて私をうっとりと眺《なが》める。

「もっとよく見たい」

驚くことを言いながら、ガブは私のそこに顔を近付けた。

「なっ……?　ちょ、馬鹿っ」

「葉菜、言うことが聞けないのか?」

そう言ったガブの目は、怒るような口調とは裏腹に面白そうに細められていた。からかわれたと気付き、私は頬《ほお》を膨《ふく》らませる。

「わ、私なにも悪いことしてないもの!　それなのに、怒られたり、私ばっかり見られるのはおかしい!」

「……へえ?」

ガブは、心底驚いたという声を上げた。私は自分の発言を振り返る。

私はなにも悪くなくて……だから、私だけじゃなくて……?

「葉菜も私のを見たいのか?」

「ちっ……ちちち違うっ!」

無自覚とはいえ痴女発言だったことに、今さら気が付いた。否定したというのに、ガブはあっという間にズボンの前をくつろげて、屹立したガブ自身を取り出した。

初めての時は緊張しすぎて直視できなかったそこに、視線が吸い寄せられる。ごくりと、喉が鳴ってしまって、誤魔化すために唇を舐めた。

「ものほしそうな顔をして」

低く掠れたガブの声に、元々赤かったであろう頬が、さらに熱を持った。

「馬鹿ッ」

恥ずかしさに涙目で叫ぶ私の手を握って、ガブは突然真面目な顔で聞いてきた。

「嫌か?」

なにを聞かれたか最初わからなくて、きょとんとガブを見返した。この状況で嫌かどうかを聞かれるというのは、多分、ガブを見るのが……ということだろうか?

「嫌とかは全然……思わない、けどっ……!?」

返事をしている最中に、いきなりガブ自身を握らされて、声がひっくり返った。熱いものが手の中で脈打っているのを感じる。

嫌じゃない。別に全然嫌じゃないけどっ!

手の中のものをどうすればいいのかわからなくてガブを見つめたら、嫌がられなくて嬉しいと頬《ほお》を染めて笑っていた。

さっきまでの俺様な態度とのギャップに、胸が苦しいくらいにドキドキした。

「葉菜……気持ちがいい」

ため息のような言葉に、きゅんと心臓が跳ねた。ガブの表情に、胸の奥が疼《うず》く。

――もっとその表情が見たい。

私は手に力を入れて、そっと上下に動かした。

「んっ……」

動かされると思っていなかったのか、ガブは眉間に皺《しわ》を寄せて目を瞑《つむ》り、思わずといったように声をこぼした。

「ごめん、痛いっ……？」

私が慌てて謝ると、ガブがうっすらと目を開けて、微笑んだ。

「痛くはない。……驚いたけど、気持ちいいよ」

ガブのその表情に、またごくりと喉《のど》が鳴る。男性も女性を触った時、こんな風に悦《よろこ》びを感じるのかと理解してしまった。もっと見たい。もっと触りたい。

ガブの表情を見ながら、もう一度、ゆっくりと手に力を入れた。今度は声を出さなかったけれど、切なげに顔を歪《ゆが》める。私の手の中で、ぴくぴくと動く彼自身がもっと膨《ふく》らんできたのが嬉しくて、わからないなりに上下に手を動かしてみた。

「葉菜……もう、それくらいで……」

呻《うめ》くようにささやくのを聞いたら堪らない気持ちになって、さらに手の動きを速めようとしたのだけど——

「こら、悪い子だ」

ガブが仕返しだとばかりに、私の秘所へと手を伸ばした。襞を分け入る指の動きに、体が震《ふる》える。いよいよ自力では立っていられなくなって、ガブに縋《すが》り付く。そうしたら自然と手に力が入ってしまい、私の手の中のガブがびくんと脈打ったのがわかった。

「ガブ……っ、お願いっ……！」

——彼を握《にぎ》りしめながら涙目で懇願《こんがん》することの意味を、私はわかっていなかった。

呻《うめ》くような声を上げて、ガブは私にささやく。

「だったら、ここに座ろうか」

そう言って示されたのは、さっきまでお茶をしていたソファセットのテーブル。退室する前に侍女さんたちが片付けてくれたので、今はなにも載《の》っていない。

なぜソファに座らないのかと疑問に思っていたら「そのほうが汚れない」と言われた。

私がよたよたとテーブルに近付くと、ガブにテーブルの上に乗せられた。

「スカートを下に敷かないように。汚れるからな。……そう。服は持ったままだろう？」

ワンピースから手を離していた私を叱《しか》る。

テーブルに座らされた私は、ガブにねだるような視線を向けてしまう。その視線に、ガブは舌なめずりをした。

「ほら、触ってほしいんだろう？　しっかりと足を開いて」

「だって、ガブ……見るからっ」

そんなことできないと、私は首を横に振る。

ガブは、多分私を眺《なが》めるのが好きだ。触っている時間と同じくらい、私を眺《なが》めている気がする。

「当然だろう？　見るために言っているんだ」

私の言葉に、ガブは笑う。ガブの瞳は、じっと私を見つめたまま動かない。ちらっと動かした視線の先では、ズボンから出たままのガブの切っ先がピンとそり返っていた。

ガブの興奮を目《ま》の当たりにしたら――本能に抗《あらが》えなかった。とにかく早く、触ってほしかった。

だから、きゅっと唇を噛《か》みしめて、ゆっくりと足を開いた。

触られてもいないのに、秘所は蜜をこぼし続けて、ガブの視線だけで、私の体は快感に震《ふる》えていた。

「下の口が、真っ赤に腫《は》れてぱくぱくと動いて……早くほしいと言っているみたいだ」

ガブはそう言って顔を近付けるのに、触ってはくれない。私が身をよじる姿を眺《なが》めるだけだ。

「もっ……！　我慢できないのぅ」

思わず、自分の指をそこに伸ばしてしまった。これ以上焦《じ》らされたら、おかしくなってしまう。

服を片手で押さえたまま、自分の秘所に指を這《は》わせる。ぬるりとした感触があって、私はもっと中へと指を進めようとした。

「葉菜。中に入れるのはダメだ」

気持ちのいいところを見つけようと動き出した私の指は、ガブに捕らえられてしまった。

「だって……！」

ガブが触ってくれないからだ。ほしくて、ほしくて、じんじんと疼《うず》く場所をどうにかしてもらわないと、変になってしまいそうだ。

「たとえ葉菜でもダメだ。ここに入っていいのは、私だけだろう？」

そう言ったかと思うと、ぐりゅっと太い指を一気に入れられた。

「はっ……！　あぁぁぁぁんっ」

求めていた刺激に、私は高みへと押し上げられる。けれど、これだけじゃ足りない。

もっと深い場所にほしいのに、ガブは優しくキスを落とすだけで指を動かしてはくれない。そして、ゆっくりと……焦《じ》らすように軽いキスを繰り返しながら、唇を下へ下へと移動させてく。

キスの場所が下にいくたびに、私の息は荒くなって、期待感にあそこはぐしょぐしょに潤む。襞がガブの指を逃がさないというように絡みついてうねる。

「こんなに濡《ぬ》らして……その表情も、私以外の人に見せるなよ」

花芽をチロッと尖《とが》らせた舌で舐《な》められて、私の体はびくんと震《ふる》えた。もっともっとと、大きく足を開いてしまう。

「はっ……ぁあんっ。……ガブ、そこ、んんっ……」

私は自分でまくり上げている服を抱きしめて、ガブに与えられる快感に翻弄《ほんろう》された。

「ここ？　……気持ちいい？」

ぴちゃぴちゃと舐《な》める音がしたかと思えば、じゅじゅっと時々啜《すす》られて、その刺激に私はもっと体を震《ふる》わせる。

――もう焦《じ》らさないで。

もっと強い刺激がほしくて、私は涙目で体をよじった。

すると、ふっと笑う気配のあと、望んだ刺激を得られた。分厚くて長い舌で、花芽をぐるりと舐《な》められて、大きな太い指が体の奥のほうを抉《えぐ》る。曲げられた指が、私の内部を掻くように、くいくいと動いた。

「ふあっ……!?」

その刺激に、私は背をそらした。だけど、ガブはそのまま内部の刺激をやめない。同時に舌でも入り口を舐《な》められて、快感が背筋をぞわぞわと上《のぼ》っていく。

そして、ガブの親指が、ぐりっと花芽を押しつぶした瞬間――

「ひっ……あああぁぁぁんっ」

私は服の裾《すそ》を抱きしめながら達した。

全速力で走ったあとみたいに、心臓がどくどくうるさい。手にも足にも力が入らなくて、体ががくがくと震《ふる》えた。

「イッたのか？」

ふっとガブが笑いながら言った。

「いやらしい顔をしている。そんなに気持ちがよかったのか？」

達したばかりの私の息が整うより先に、ガブはすでに準備ができている自身を私に押し当ててきた。襞を辿《たど》るように熱い切っ先で秘所をこすり上げる。

「あっ、あっ……！」

快感を覚えてしまった体は、次に来るものを期待してさらに蜜を垂らしてしまう。それを恥《は》ずかしいと感じるよりも、ガブに抱きしめられたくて、私は腕を広げてガブの首に抱き付いた。

すると、ぐちゅ……と、濡《ぬ》れた音が響いた。体が密着したことにより、柔《やわ》らかな媚肉がガブを呑み込んでいくのがわかった。

襞をかき分けるようにガブの切っ先は上下に動いて、私の敏感《びんかん》な突起を刺激していく。

今だって充分気持ちがいいのに、体の奥は、もっともっと先を望む。

ガブは、私の表情から私が望んでいるものがなにかわかっているようだ。ちょっと悔《くや》しいけど、この先を与えてくれるのは、彼しかいなくて――

懇願《こんがん》の言葉を口に出そうとした時、玄関の扉をノックする音が響いた。

私がびくっとして固まっていたら、ガブは冷静な声で返事をしてしまう。

「――なんだ」

「ワゴンの片付けに参りました」

侍女さんの声が外から聞こえた。ワゴンは、私たちが今いるリビングのドアの外にぽつんと置いてあった。今私がいる場所からはワゴンの端が少しだけ見えるだけだけれど。

さっき退出する時に侍女さんは、おかわり用のお茶をワゴンに載《の》せて置いていってくれたのだろう。でも、もう湯もぬるいから取りにきてくれたということで……

「ああ、どうぞ」

てっきり、あとからにしてもらうとか、こちらで片付けるとか言ってくれると思ったのに、なんと、ガブはこの建物への入室の許可を出した。

驚いて抗議をする前に、玄関扉の開く音がする。

「失礼します」

いつもの侍女さんの声がして、ワゴンに向かう足音がした。

ワゴンが置かれているのは廊下だし、私がいる場所は室内を覗《のぞ》き込まないと見えないはずだ。それに私は、入り口に背を向けてテーブルに座っている。テーブルに座っている時点でマナー的にはアウトだが、私のうしろ姿だけ見ればしっかりと服を着ているように見えるはずだ。

ここの侍女さんは教育が行き届いた優秀な人ばかりなので、室内をじろじろ見回して、プライバシーを侵害するようなことはしないだろう。

現に今、侍女さんはきびきびとした足取りで、ワゴンを片付けている音がする。

彼女が出て行くまで、じっと固まっていよう。そう決めた私を嘲笑《あざわら》うように、ガブの切っ先が動く。

「————っ？」

思わず声が出そうになって、口を手で押さえた。

少しでも変な声を上げてしまえば、心配した侍女さんが部屋の奥まで様子を窺《うかが》いにくるだろう。そうされたら終わりなのに、なんてことをするんだ！

「葉菜、まだ私が怒っていることを忘れるな」

そう言って、ガブはまた動き出す。

「ふっ……ひ、ん」

荒い息と共に、泣き声が私の口から漏《も》れる。

気が付かれちゃうっ……！

必死で声を抑えようとするのに、ガブは私を覗《のぞ》き込むようにして目を細める。私がガブの笑顔に弱いことも、とっくに気が付かれているらしい。

悔《くや》しくて怒りたいけれど、でもでも、その表情すら大好きだと思ってしまう。こんなことをされているのに、「恥《は》ずかしい」と思いはしても「嫌い」と思えないというのは、どれだけガブに溺れてしまっているんだろう。

目の前にあったガブの頭をぎゅうっと抱きしめた。

「も、許して……」

ほとんど吐息のような声でガブの耳元で言うと、ガブの熱い息が落ちてきた。

ガブの切っ先と、私の蕾《つぼみ》が触れ合ったところで、ガブは動きを止める。

熱い。私の熱か、ガブの熱なのかわからない。ただ、触れ合ったその部分がじんじんと熱を持って、動かされてもいないのに背筋が震《ふる》えた。

もしも侍女さんに気付かれたら……と思うと怖くて、きゅうっとガブにしがみつく。

だけど、ぞくぞくするような興奮を覚えていることも確かだ。

――私、変態だったのかもしれない。

そんなことを考えていたら、ちゅうっと首筋に吸い付かれた。

「っ！」

慌てて体を離そうとガブの両肩を押した。

そのことが、ガブは気に入らなかったようで、目を眇《すが》めて私を見た。

「本当に反省しているのか？」

ぐいっとガブが奥に押し込んできて、花芽がつぶされる。

体の中に花芽が押し込まれるような状態になって、痛いはずなのに、熱くて熱くてどうにかなってしまいそうだった。

「葉菜？」

ガブの呼びかけに、私は口を押さえて、必死で首を縦に振る。

反省してるしてる！　だからお願い、もうやめて……！

口を開けば喘《あえ》ぎ声が漏《も》れそうで、必死で口を押さえるけれど、口の端から空気が漏《も》れてしまう。

――そうこうしている間に、背後の食器の音が止んだ。

やっとこの甘い責め苦が終わるかと思ったのに、なんと、侍女さんはこちらに声をかけてきた。

「あの……差し出がましいことを申し上げるのですが」

恐る恐る振り返るけれど、侍女さんはいまだ廊下に立っているようで、姿は見えない。

とはいえ、先ほどの申し訳なさそうな声音から、やっぱりバレてしまったのだと思った。ああ、もう、全部ガブのせいだ！

とりあえず、全部ガブのせいにすることにして侍女さんの次の言葉を待つ。

「黒姫様は、大変反省していらっしゃるように見受けられます」

私が、なんと言われようとも石になろうと決心していると、思ってもみなかったことを言われた。

緊張した声は、さらに続ける。

「ですから、そのようにお泣きになるまで責められるのは……」

……ああ、そうか！　私、ガブになにか怒られて、泣いてると思われているんだ！

「ああ……なるほど」

ガブの低い笑みを含んだ声が聞こえた。

「大丈夫だ。彼女はこのあと、とても悦《よろこ》ぶことになる」

なんてことを言うんだ！　それに、『よろこぶ』の意味が違うだろう！

次の瞬間、そっと抱き寄せられて、ガブの切っ先が花芽の上を滑《すべ》っていく。

「――――んっ！」

小さく声が漏《も》れてしまった。

「ほら。葉菜はもう大丈夫だと言っている。なあ？」

嗚咽《おえつ》を堪《こら》えながら「うん」と言った、みたいな感じで会話をつなげられた。ガブのせいだけど、ガブのお陰で助かった……のかもしれない。

それからガブは、私の肩を抱き寄せたついでに、侍女さんがまだそこにいるというのに腰を動かし始める。

ガブの言葉を聞いた侍女さんは納得したようで、ほっと息を吐く音が聞こえた。

「そうですか……。出過ぎた真似《まね》をいたしました」

そう言って侍女さんは、ワゴンを押して部屋を出ていった。

「失礼いたしました」

パタンとドアが閉まった数十秒間後——

「このっ……、ばかあああぁぁ！」

私の泣き声が響き渡った。

「でも、葉菜だって興奮していただろう？」

ちゅっと軽くキスをされて、言葉に詰まる。まったく興奮しなかった、と言えば嘘になるかもしれない。だけど、今許してしまったら、こんなことを繰り返されるかもしれない。やっぱりうなずいてはダメだと思った。

「興奮なんてしてない！」

ぷいっと顔を背けると、ぐちゅっと音をさせて、ガブがまた腰を動かした。

「ふあっ」

入り口に浅く入れて音を立てているだけなのに、もっともっとと、私の内部が動き始める。体の奥がぞわぞわして、ガブの胸に縋《すが》り付く。

「こんなに濡《ぬ》れているじゃないか」

からかうような声が悔《くや》しくて、「違うっ」とガブを睨《にら》み付けた。

「そ、それは最初からだもん」

最初からだというのも恥《は》ずかしいが、あの半公開プレイの最中にもっと濡《ぬ》れたと言われるよりもいいと思った。

「さっきは、侍女さんのことが気になって、それどころじゃ……」

「それどころじゃ？」

私の言葉を遮《さえぎ》ったガブの低い声に、ぎくりとして顔を向ける。すると、眉間に皺《しわ》を寄せたガブが、私を睨《にら》んでいた。

「私より、彼女が気になったと？」

まずい。すごく怒っている。

だけど、そんな状況に追い込んだのはガブだ。

だから、怒るのはお門違《かどちが》いだと思うけれど、それを口にする暇もなく、強く引き寄せられて、口を塞《ふさ》がれた。

抱き寄せられたせいで、浅い場所にいたガブが、ずるっと奥へ滑《すべ》り込んでくる。

「……んんぁっ。はあっ、んっ」

その時、熱いものが私の一番敏感《びんかん》な場所を激しくこすり上げて、体が小さく跳ねた。

ガブが、私の口内を丹念に舐《な》めてから、私の下唇に噛《か》みつく。

「葉菜、私が目の前にいるのに、私よりも他に意識を向けるというのは気に入らない」

――だったら、あんなことしないでよ！

脳内ではしっかりと言い返しているのに、ガブがさっき噛《か》んだ私の唇を優しく舐《な》めるから、言葉が出なくなる。

長い舌に私の舌は絡め取られて背筋が震《ふる》える。

「葉菜、可愛い」

ガブの唇が私の頬《ほお》から耳へと移動して、甘い言葉をささやいていく。

それと同時に、なにやらカチャカチャと音がしていると思ったら、突然両手を頭の上で押さえられた。

「へ？　なに？」

両手首を、ガブのベルトで縛られた。

なにこれ？　と呆然《ぼうぜん》とする私にまたキスを開始して、ガブは私をテーブルに押し倒した。

必然的に、私はテーブルの上に寝転がって万歳をしている格好になる。

「ええ!?　なにするの！」

ここまでされて、ようやく拘束《こうそく》されたことに気が付いて、私は足をばたつかせた。

「まだお仕置きの最中だ」

終わりじゃないの!?

「やだやだっ。もうだめっ」

お仕置きという割に、とても嬉しそうなガブに私は半分泣いているような顔を向ける。

「この格好、だめっ……！」

両手を縛られた時にワンピースの裾《すそ》から手を離してしまったから、上半身は覆《おお》われているけれど、下着は取り去られてしまっているので服の上にくっきりと胸の形が浮き出てしまっていた。

真っ黒な中に、ぷっくりと二つ浮き上がっている膨《ふく》らみは、まるで早く触ってくださいと言っているみたいで、すごくいやらしく見えて、私は恥《は》ずかしくて首を振った。

そんな私を無視して……いや、きっと涙目で首を振る私を見て楽しみながら、ガブは服の上から突起をきゅっとつまむ。

「これはこれで……いや、こっちのほうがいやらしいかな」

ガブの熱を含んだ声が少しだけ嬉しいと感じてしまったけれど、なんとか抵抗したくて潤む瞳でガブを睨《にら》む。

だけど、それは逆効果だったみたいだ。

「葉菜は、どうしてそんなに私を煽《あお》ろうとするんだろうな？」

両方の突起が、ガブの指に挟まれて、ぎゅっと持ち上げられる。

ぴりりっと鋭《するど》い痛みが走るのに、くらりと眩暈《めまい》がするほど気持ちがいいと思ってしまった。

「ふあっ。急に、強くっ、つまんじゃ……だめえ」

ガブの手から逃れようと体をくねらせた。だけど、つままれた状態で体をくねらせたら刺激が強くなるだけで、快感が止まらなくなる。

「ん？　ダメだって言いながら、自分で気持ちよくなろうとしているのか？」

耳まで熱くなって、涙がまた出てきた。

「ばかあ……っん！」

意地悪な視線が私を舐《な》めるように見ているのがわかって、ぞくぞくした感覚が背筋を駆け上がっていった。

「ひいぃ……っんっ。あ、ああぁっ」

腕を拘束《こうそく》されているせいで、ろくな抵抗もできない。ただ与えられる快感を追い求めるだけの私を見て、ガブは愛おしそうに微笑む。

「縛ったほうが素直だな」

もっと早く縛っていればよかったか、なんてつぶやくガブに、私は大きく首を横に振る。

「そんっな、わけ……ないっんぁ」

ガブはぎゅっと胸の膨《ふく》らみを握《にぎ》りつぶす。

「いっ……痛いっ」

ガブの指の間から飛び出た私の突起を、人差し指だけでピンと弾いた。

「嘘つけ。気持ちいいの間違いだろう？」

今度はガブの尖《とが》らせた舌が下りてきて、チロチロと軽く舐《な》められて、胸の先っぽを弄《もてあそ》ばれる。

その刺激が、私のもどかしさを加速させた。

「『縛られて、抵抗できないから仕方ない』って理由があったほうが素直に感じられる？」

図星を指されて、私の頬《ほお》がほてったのがわかった。

こんなになってしまうのは、変態的なガブが私をベルトなんかで縛るからだ。

――『抵抗したくてもできない』。確かにそんな状況が、私の快感を増幅させている。

「ガブの、意地悪ぅ」

そんなこと、気が付いていても口にしないでほしい。恥《は》ずかしさと快感の合わさった感情が高ぶりすぎて、目尻から一粒涙が流れていった。

その涙をガブが唇で追いかけて舐《な》め取る。

「素直に感じる葉菜が可愛いから仕方がないだろう？」

「～～～～っ！」

不意打ちの発言だった。

暴君なガブの中に、時々可愛いガブが顔を出すから、それこそ凶悪だ。

そんなギャップを見せられたら、逆らえるはずがない。

「このワンピースも可愛いが、そろそろ生まれたままの葉菜の姿が見たいな」

そう言うが早いか、スカートの裾《すそ》をたくし上げられ、ワンピースを私の腕の辺りにまとめられてしまった。

「あっ……、うそっ。ひゃんっ」

テーブルの上に全裸で寝転んでいるだなんて、あり得ない！

文句《もんく》が言いたいのに、胸の突起をガブの舌が弄《もてあそ》ぶから、まともな声が出てこない。

ちゅうっと乳首を吸い上げて、軽く歯を立てる。甘噛《あまが》みされて、嬌声《きょうせい》を上げながら私が背をそらすと、何度も同じことを繰り返される。

反対の胸の先は、大きな手のひらで包み込まれて、太い人差し指と親指で捏《こ》ねられ続ける。時々爪を立てられて、私は「だめえ」と甘い吐息を漏《も》らすだけだ。

痛いことをされても気持ちがいいのはどうしてだろう。

甘い責め苦に、唇を噛《か》みしめれば、すぐにガブの唇がやってきて、私の口を割って、唇をぐるりと舐《な》める。

「葉菜、噛《か》みしめるのはダメだ。傷になってしまうだろう？」

そう言って、口の中にガブの指が差し込まれる。

「葉菜になにかしていいのは、私だけだ」

「んんんぅ～～っ」

お前もするな！　と言いたかったのに、口の中に入ってきたガブの指が私の舌を捕まえて、しゃべれない。

ガブの指を、舌で押《お》し退《の》けようとしても、指でその舌を弄《もてあそ》ばれてしまう。

口を開けたまま指と格闘していたから、唾液が溢《あふ》れて口の端からこぼれた。

しまったと思い、今度は口をすぼめて唾液を呑み込む。指を差し入れられたまま唾液だけ呑み込むのって難しい。

だけど、ちゅうちゅっと指に吸い付いて口の中の唾液をごくりと呑み込んだ。

それから、はあっと息を吐いて見上げると、頬《ほお》を少し赤く染めたガブが、呆然《ぼうぜん》と私を見下ろしていた。

なんでそんな表情をするんだろうと首を傾げると、ガブが怒ったような顔を作る。

「葉菜、無自覚も大概にしろよ」

そう言ったガブが、私の足を抱え上げて、私を高みへ押し上げようとした。

「んあっ……急に、そんなっ！」

驚く私を置き去りにして、ガブは花芯に熱い切っ先をこすりつけてくる。

中には入らずに、秘裂を上下にこするだけのガブに、私は快感に酔いながらも、もどかしさを抑えられなくなってきていた。

膣から溢《あふ》れる蜜を切っ先がすくい取って花芯へと塗り付けていく。ガブが動けば動くほど滑《すべ》りがよくなって、ぬちゅぬちゅと卑猥《ひわい》な音が大きくなる。

水音が、私の耳を犯していく。

「がぶっ、がぶ……！　も、だめぇ」

背筋が震《ふる》えて、体が言うことを聞かなくなる。ガブに咥《くわ》えられていないほうの胸がふるふると揺れた。

「ダメって、なにが？」

ガブはわかっているくせに、意地悪な顔でそんなことを言う。

私は揺さぶられながら、唇を噛《か》みしめて見上げて懇願《こんがん》するのに、ガブは素知らぬ顔をする。

そうして、ちゅぱっと、今度は反対の先端をガブが咥《くわ》える。

「んんっ……！」

新たな刺激に、私の体は震《ふる》える。だけど、それと同時に物足りなさも感じた。

眉根を寄せてガブを見ても、ガブは楽しそうに笑うだけ。

ガブが動くたびに痺《しび》れるような快感が走り抜けていく。だけど、初めての夜のような悦《よろこ》びを感じたいと体が訴《うった》える。初めてだったのに、奥で感じる快感を知ってしまった。またガブを体中で感じる幸せがほしいと思った。その衝動が我慢しきれなくて――

「おねっ……がいっ。奥………イキたいっ」

と、言葉が自然とこぼれ落ちた。

ガブは、ニヤリと笑ったかと思うと、次の瞬間には私の体を浮かせ、中に入ってきた。

「……っはあ、んっ」

充分に濡《ぬ》れていても、圧迫感はすごくて、私は大きく息を吐き出した。

私の反応を気にしているのか、ガブは浅いところで抽挿《ちゅうそう》を繰り返す。ぬちぬちと濡《ぬ》れた音だけが響くのを聞いていたら、薄れていた羞恥心《しゅうちしん》が完全になくなってしまう。

「もっと、奥までほしいの。もっと奥まできて」

私の言葉に、ガブは苦しそうに呻《うめ》く。

「なんていやらしい子だ」

ガブが私の腰を抱き上げて、ゆっくりと揺する。その気遣うような動きが嬉しいのに、同時にもっと激しくしてほしいと思う。

そんな卑猥《ひわい》なことを考えてしまったことで、体がびくりと震《ふる》えた。

その動作に連動するようにガブはピクリと眉を動かし、はあ……と、熱い息を漏《も》らして、私に軽くキスを落とす。

眉根を寄せて、切なそうに私を見るガブの表情に、きゅんと胸が疼《うず》いた。

直後、ガブの体がびくりと動いて、また苦しそうにする。

「葉菜、お前、壊されたいのか？」

顎《あご》を掴《つか》まれて、怒った表情でガブが顔を近付けてくる。

私の中のガブが、ぴくぴくと動いて、かすかな振動を与える。

ざわざわと体の奥から熱が溢《あふ》れ出てくるみたいだった。

「うん……うん、して」

腕を拘束《こうそく》されているのでガブの首に抱き付くことはできないけれど、背をそらして体を近付けてねだった。

「もっと。激しくしてっ！　私、ガブに壊されたい」

私の言葉に、ガブはしばし目を見開いたまま止まって……ぎらりと瞳をきらめかせた。その表情を、私はうっとりと眺《なが》めた。

「葉菜、ただで済むと思うなよ？」

欲望に染まったガブの双眸《そうぼう》に、ぞわりと産毛《うぶげ》が逆立つ。

膝《ひざ》が胸にくっつくくらい折り曲げられて、ガブがぐりっと突き進んでくる。

「あああぁ……っ！　ん、ふぁっ……」

息ができないほどの圧迫感。中がガブでいっぱいになった。

どこもかしこも、ガブが触るだけで……それどころか吐息がかかるだけでも快感に痺《しび》れ、私は体をよじった。

私の動きに、ガブが呻《うめ》き声を上げる。

「――私を煽《あお》るとは、上達が早いじゃないか」

「え、煽《あお》ってなんか……ああっ」

ずんっ……と、突然大きく突き上げられて、私は悦《よろこ》びの声を上げる。ガブを包み込む媚肉が、もっともっとと言うように、きゅうきゅうと収縮を繰り返した。

「はっ、あ……んぁああ」

私の体が、意思とは関係なく小刻みに震《ふる》える。

ぞわぞわとした感覚が近付いてきて、頭が真っ白に弾けるあの瞬間が近いことを知る。

「もっ、……だめ。もう、私っ……！」

私の反応に、ガブがニヤリと笑って、さらに深く激しく突き上げた。

「ほら、イケよ」

熱い息を吐くと共に、きゅっと、突起をつままれた。その瞬間に、頭の中で強い真っ白な光が弾けた。

「あ……あぁぁ、ああああぁあっ」

「――――くっ……！」

私は背をのけぞらせ、体をピンと伸ばして達した。

はあはあと、大きく荒い息を吐きながら、ガブは私の中から出ていく。抜かれる瞬間、またぴくんと反応してしまって、ガブにふっと笑われた。


ガブが私の手首に巻き付けていたベルトを外している間も、私は余韻《よいん》でぼんやりしていた。ガブは、力が抜けてくたっとなった私を抱き上げる。

それから椅子《いす》に座ったガブの膝《ひざ》の上に座らされた。ガブの胸にもたれかかると、よしよしと頭を撫《な》でられる。

ガブにこうして愛おしげに触れられている時、私は一番愛されていると感じる。守られて、大切にされている、世界でたった一人のお姫様みたいな気分になる。

私もガブにその仕草を返す。

なかなか言葉にすることは、恥《は》ずかしくてできないけれど、こんな時くらい……

――――好き。

私は想いを込めて、ガブの手の甲にキスをした。

「――悪い」

浅い呼吸を繰り返す私の頭を撫《な》でながら、ガブが困った顔をして言う。

私の体を案じての言葉だろう。まあ、ベルトでつながれていたのだ。無意識に引っ張ったりしたようで、肩の関節が少し痛いし、手首もこすれていて地味に痛い。——だけど、ほしがったのは私だ。

だから、恥《は》ずかしさに俯《うつむ》きながらも、にっこり笑って答えた。

「うん。大丈夫」

……あれ？　そう答えた瞬間に、お尻の下になにか硬いものが当たっていることに気付く。

いや、そんなはずはない。今したばかりだ。さすがにそんな鬼畜《きちく》の所業《しょぎょう》は——

「葉菜とくっついてたらまた勃《た》ったんだが、そうか、大丈夫か」

「あれ、いやいやいやいや」

そうじゃなくて。あれ、いや、勝手に入れようとしないでくださいよ。

反論する間もなく、またもや下から突然突き上げられて——第二ラウンドに突入したのは言うまでもない……

◆
❖
◆

ようやく満足したガブから解放され、しばしの放心状態から回復した私は真っ青になった。

——やばい、完全に忘れていた。

「北国の大使様、待ってらっしゃるんじゃないのっ⁉」

ガブが呼びにきてから、どれだけの時間が経ったのだろう。いつ陽菜が戻ってきてもおかしくないこの部屋で、あんなに乱れるなんて。

久しぶりにガブに触れられることが嬉しすぎて、いろいろぶっ飛んでしまっていた。

「ああ、白姫様がお一人で応対してくださった」

あっさりと答えたガブに、私は目をむく。

「いつ⁉」

「葉菜と二人きりになった直後に伝令の小鳥を飛ばしたから、伝言を受け取った陽菜様が勝手にしてくださっただろう」

二人きりになった直後？　陽菜がこの部屋を出ていってすぐにやる気だったの？

伝令の小鳥とは、ガブが魔法で作り出す小さな鳥のことで、離れた場所にいる人に伝言がある時にたまに使っている。陽菜になんて伝えたのか……気になるけれど、知りたくない。

「それから、陽菜様はこの部屋には入れないよう細工《さいく》もしていたから……ああ、ほら。この部屋に入れるようになったことがわかって、もうこっちに向かってきている足音がする」

そう言われて耳を澄《す》ますと、廊下をどすどす歩く大きな足音がした。いつもとまったく違う足音だけど……絶対陽菜だ。怒っていますと音で伝えてきている。

ガブはしばらくなにかを考えてから……

「よし、葉菜。逃げるぞ」

と提案してきた。

「ええっ!?」

もっと怒らせることになるのでは？　と思うが、ガブに抱えられて中庭にきてしまった。

このあと部屋に帰ったら、満面の笑みを浮かべながら怒る陽菜と会うことになるだろう。目的地にはついたはずなのに、ガブはまだ私をうしろから抱え込んでいる。

「……ガブ？」

「なんだ」

「お尻に、なんか、その……また硬いものが当たってる」

押し付けられている腰の辺りに、硬いものを感じる。私が顔を熱くしながら指摘したというのに、ガブは逆に呆《あき》れ顔だ。

「今さらか。いつものことだ、気にするな」

さっき二回もしたじゃない!?　私が口を開けたまま振り返ると――

「葉菜を抱きしめて反応しないわけないだろう。毎回この状態だ」

と、当然のように胸を張って言う。私はもう言葉が出てこない。毎回……!?　今日までまったく気が付かなかった。

「なに、また治めてくれるのか？」

ぐりっと押し付けられるものの感触に、体の奥がずくんと反応してしまった。

「ち、ちがっ……！」

しまった。変なスイッチを押してしまった。

どうにかこの妙に色っぽい視線から逃げようと視線を巡《めぐ》らせたところ——ふよんふよんと飛んでいる毛玉を見つけた。

「可愛い……！」

思わず目を奪われてつぶやく。私の視線を追って、ガブもそちらを見て「なんた。ウィンか」と不機嫌な声を出した。

ウィンは、ふよふよと漂《ただよ》いながら、私に近付いてきて、「ぴー！」と鳴いた。その声に驚いている間に、ウィンが私の足元に降り立ったかと思うと、ぐんっと大きくなる。

「な、なんで……？」

突然大きくなって、目の前で気持ちよさそうに目を細めるウィンを、私は呆然《ぼうぜん》と眺《なが》めた。

「ウィンは、魔力が好物だ」

ガブがため息を吐きながら説明する。

「だから、常に魔力を垂れ流し状態にしている葉菜の傍《そば》にいると、魔力を吸収し放題で、それを栄養にして大きくなれるんだろうよ」

……私って、魔力垂れ流しなんですか。

初めて聞いた情報に目を瞬《またた》かせながらウィンを見ると、実に幸せそうに喉《のど》を鳴らしていた。

魔力を食べるってことは、この子がいれば私の強大な力を吸い取ってもらえたりするのかなあ。

そうすれば私は、もう暴走しないで済むのかもしれない。

――ガブとの第三ラウンドを回避できたことに安堵《あんど》しながら、ふわふわのウィンを眺《なが》めていた。

7

東西南北、四国の大使たちが来てから、二週間が経った。

その間、ひっきりなしに食事だの茶だの買い物だの散歩だのに誘われて、正直うんざりしている。

私は、陽菜の邪魔《じゃま》にならないように黙って横に座っているか立っているだけだが、それでも疲労は溜まる。

今日も昼過ぎから散歩に誘われて、部屋に戻ってきたばかりだ。ぐったりとソファに沈み込む私に、陽菜は不思議そうな顔を向ける。

「そこまで疲れる？」

今まで以上につやつやと血色のいい顔をして陽菜は言う。毎日毎日、競うように……実際競っているのだが……褒《ほ》めたたえられることが陽菜を輝かせている。

「すっごく、楽しいけどなあ」

鼻歌を口ずさみながら紅茶を飲む陽菜は、ご機嫌だ。自分の一言に一喜一憂するイケメンたちが癒《いや》しなのだそうだ。私は私の癒《いや》し……王子に頼んで飼えるようになった『わたまる』と名付けたウインを抱きしめた。

それぞれの大使は、やはり私よりも陽菜の言葉を求める。治癒の力がほしいのだろう。たくさんの人に囲まれて陽菜が楽しそうにしているのを眺《なが》めながら、私の心はすごく穏やかだった。素直に陽菜はすごいなあと思う。

少し前……この世界に来る前だったら、『どうせ私は』と、いじける気持ちをなくすことはできなかった。

だけど、今は暗く沈むことはない。陽菜を囲む人たちを観察して楽しむ余裕まである。特に、どんどん派手になっていくクリスマス騎士は面白い。

――ガブという、大切な存在ができたから。彼は私にたくさんの愛情を注《そそ》いでくれる。だから、自分は必要とされている存在なのだと安心できた。彼がいてくれるお陰で、卑屈《ひくつ》な気持ちにならなくて済んでいる。今までは双子ということで、いろいろと比べられたりしてきたけれど、ガブがいるこの世界では、そんなことを考える必要がない。そのことが私の心に安定をもたらしていた。ガブに出会えて本当によかったと思う。

わたまるとたわむれながらソファでごろごろしていると、ドアをノックする音がしてガブが顔を出した。

「葉菜、疲れたのか？」

ソファに沈み込む私に、すぐに近寄ってきた。ガブだって、とても忙しいと聞いている。それなのに、少しの時間でも空きがあれば私に会いにきてくれることが嬉しい。

「うん、大丈夫だよ」

返事をする私を見ながら、ガブは目を細める。

「葉菜、そいつは魔力を食う。ずっと抱いていたら体力もなくなるかもしれない。あまり触らないように」

そう言って腕の中からわたまるを取り上げ、床に置かれてしまった。代わりに、私がガブの腕の中に収まる。

「そうなの？」

そう聞くと、ガブは目を逸《そ》らして「ああ」とうなずいた。

「葉菜、騙《だま》されてるわよ」

「黙っててくれますか」

陽菜の言葉に、間髪容《かんはつい》れずにガブが答える。わたまるはガブに近付いてこようとはしない。

「ガブスティル様、なにか用事があって来られたんじゃないんですか？」

陽菜が気に入らなそうにガブを見ながら聞いた。ガブは私に頬《ほお》ずりするのをやめずに返事をする。

「三日後、すべての大使がお帰りになります」

「も、なんでキスするのっ」

真面目《まじめ》な声を出しながらも私の頬《ほお》に口づけてくるガブを両手で押すと、なにが悪いのかわからないといった顔をして、理由をあっさりと口にする。

「可愛いから」

「伝えなきゃいけないことを先に言ってからにしていただける？」

イラつきを隠さなくなった陽菜の声に、ガブは仕方なさそうに顔を上げる。私はいたたまれなくてガブの胸に顔をうずめた。

「明日、最後の謁見《えっけん》があります。四国すべての大使がそろい、挨拶《あいさつ》を行《おこな》うことになりました。その場で、巫女姫様方への勧誘《かんゆう》があるかと思われます」

やっと、あの人たち、帰ってくれるんだ。そう思うと、ほっとして体の力が抜ける。

「中には、『我が国は巫女姫様に必ず来ていただける』と確信を持っている国もあります」

ガブが急に低い声を出した。

――な、なぜ、私はそんなに冷たい視線に晒《さら》されるのだろうか。ある国に確信を持たせてしまったのは私ということ？　心当たりは……あるな。ピカピカのクリスマスツリーのようなお方を思い浮かべる。

「とにかくどこも、巫女姫様の同意を得て是非自国に招きたいと思っています」

「い、いひゃい」

ガブは私の頬《ほお》を掴《つか》み、両側に伸ばす。

「我が中央国を介して聞けば、巫女姫様方に自国に来ていただけないのはわかりきったことです。我が国も巫女姫様に留まっていただきたいと思っていますから。でも、直接聞けば、もしかすると状況が変わるかもしれない。そう期待しているのです」

頬《ほお》を伸ばされるのは終わったけれど、さっきまでいじめられていた頬《ほお》は、次はガブの手のひらに包まれて、顔を背けることができない状態になった。

「葉菜はどうしたい？」

突然、私の意見を聞かれて、驚く。そりゃ……できれば、ガブの一番近くにいたい。

「陽菜、どこか行きたい？」

「ううん。この間、殿下にも言ったけれど、この国にはお世話になっているし、どこへも行くつもりはないわ」

それならば、なにも問題はない。

「私も、ここにいたい」

抱きしめられたままガブを見上げて答えると、満足げにうなずかれた。

柔《やわ》らかな微笑を浮かべてガブが私にキスをする。しかも頬《ほお》とかではなく口にだ。

こんな人前でキスされるなんてとあたふたする私を見ながら、陽菜は「なんかもう、見すぎて飽きてきちゃったわ」なんてひどいことを言う。

恥《は》ずかしさに一人じたばたする私を無視して、ガブは明日の時間帯や流れなどを事務的に告げる。

それから、まだ仕事が残っていると、当然のように私の頬《ほお》にキスをして部屋を出ていった。

顔が熱いまま動けない私に陽菜が声をかけた。

「まあ、私は見慣れたから、大丈夫よ？」

陽菜が可愛らしく首を傾げながらフォローのような言葉を口にしてくれたけれど、全然慰《なぐさ》めにはなっていなかった。

◆
❖
◆

次の日、私はようやく気詰まりな時間から解放されると思い、ほっと息を吐きながら、陽菜と共に最後の謁見《えっけん》へ向かっていた。

いつもの黒と白の衣装にそれぞれ身を包み、少し早いが謁見《えっけん》の間《ま》へと移動する。なぜ早めに行動しているかというと、行く途中の廊下などで大使方に会うのが嫌だからだ。

私と陽菜が連れ立って歩くその前に二人の警護が付き、両隣は侍女さんたちが固め、さらにうしろを三人の警護がついてくる。大使方の訪問期間中ずっと思っていたが、人をつけすぎだろう。そう告げてみたけれど、他国がなにをしてくるかわからないから、厳重にさせてほしいとのことだった。

たくさんの従者がいるが、ガブはいない。

「謁見《えっけん》の間《ま》に行けばいると思うわよ？　陛下の護衛をされているんじゃない？」

「視線だけでいろいろ読み取らないで！」

少し見回しただけなのに。察しのよすぎる妹を持つと大変だ。

護衛の任に就く方々が、微笑みながらうなずいてくれる。陽菜の言っていることが正しいということだろう。もう、皆、私の気持ちを読み取りすぎだと思う。

赤くなってしまったであろう顔を少し俯《うつむ》かせながら歩いていると、前方から大きな声が聞こえた。

「やはり、私には無理だ！　どうして私が黒姫を連れ帰らなければならない⁉　あんな無表情で恐ろしい女性と生涯《しょうがい》を共にしろと言うのか！」

私たちが今歩いている渡り廊下を抜けた先の一室から声はしているようだ。姿は見えないが、大きな声なので内容はよく聞こえた。

黒姫を連れ帰る……？　私は連れ帰られるのか？

「お前たちは他人事なのだろう！　だが、私はあれに人生を捧《ささ》げる気はないのだ！」

大声を出す人物を宥《なだ》めようとする声も聞こえるが、こちらはさすがに怒鳴《どな》っていないのでなにを言っているかまではわからない。

前を通るのは気まずいな……と思っていると、私の隣を歩いていた侍女さんが声がする部屋に駆け寄っていき、ドアを叩きながら厳しい声を出した。

「ドアを開けてくださいませ！」

ほどなく、私たちもその侍女さんに追いつき、件《くだん》の部屋の前に辿《たど》り着いてしまう。

その部屋の中にいた人が慌てたようにドアを開くと、そこにはクリスマス騎士がいた。周りにいるのは、南国の人間だろう。彼らは、私たちの強張《こわば》った表情を見て、今自分たちが話していた会話が聞こえていたことを悟ったらしい。勢いよく頭を下げてきた。

「失礼いたしました！　今のは誤解を招く表現で……！」

クリスマス騎士の横にいた男性が、なにか言い訳を口にしようとしたが、クリスマス騎士がそれを押し留め、前に出てきた。

「誤解などではない。聞かれてしまったのならば、この場ではっきりさせておかなければならない」

きりっと私を見て、目が合うとさっと逸《そ》らされてしまった。

「スウォリディス様っ……!?」

側近が止めるのも聞かず、クリスマス騎士は響き渡る声で朗々と叫んだ。

「私が愛しているのは、白姫様なのです！」

胸の前で拳《こぶし》を握《にぎ》り、ぎゅっと切なげに眉根を寄せている。

常々私は、美形は絵になると思っているが、その髪が緑と赤である場合、顔の美しさを打ち消して、それは笑いの対象になるのだと気付いた。

「好意を持っていただいているのは、大変ありがたいと思っております」

頭を抱えるジェスチャーをして苦悩を表現しているなと思った次の瞬間、決意したように顔を上向けた。

「しかし、私は白姫様と共にありたい！」

彼の視線は夕日でも見ているかのように、私の斜め上あたりを眺《なが》めている。

「……」

「……」

私と陽菜は無言だった。どうしていいのかわからない。この間、陽菜やガブに指摘されたとおり、クリスマス騎士は完全に誤解している。

そして今、私はフラれている状態ということだろうか。

ここで、「まったくそんな気ありませんでした」と返せば話は早いが、ギャラリーが多い。はるばる来てくださっている方に恥をかかせるわけにもいかないので、好意があったと勘違いされていることは甘んじて受け入れよう。両想いだと勘違いされない限りは、私をこの国から連れ去ろうとすることもないだろうし、はっきり言ってどうでもいい。

無言の私と陽菜を前に、クリスマス騎士はなにを思ったのか、さらに続けた。

「黒姫様、私と白姫様との仲を、お許しください！　私はあなたのものにはなれない。本当の愛を見つけてしまったのです」

私は彼のことが好きではないし、「許します」と答えるのは簡単だが、そう言おうものなら隣から平手が飛んできそうだ。

「私に対する黒姫様の想いを知り、苦しんでいらっしゃる白姫様に気付いてください」

……どうやら、私と陽菜は二人とも彼が好きな設定らしい。そして、私が彼を好きなことで、陽菜は自分の想いを口に出せずに苦しんでいると。私たちは、彼を取り合って三角関係の真っただ中にいるということだろうか。

「あの……」

陽菜が口を開いたものの……

「いいのです！　あなた様のお気持ちはわかっております」

と、片手を出されて制されてしまった。

「けれど、愛し合う二人が共にあれないことなどあってはならないと思うのです」

彼の頭の中では、すでに陽菜と自分は愛の逃避行中のようだ。私は、二人の仲を引き裂く悪の帝王かなにかか。

ここまで悪人に仕立て上げられて、なんだか面白いほどだ。どうにか、この場を穏便に済ませる方法を探していると、すうっと、息を吸い込む音が聞こえた。

「失礼です！」

突然、私の隣にいた侍女さんが叫んだ。

驚いて彼女を見ると、真っ赤な顔をしていた。

「黒姫様の愛らしさも知らずに！」

そんなもの、私だって知らないが。

「先ほどから身勝手なことばかり言われているではありませんか」

彼女はお腹の前で手をぎゅっと握《にぎ》りしめていた。この場の全員の視線を集めて、緊張に体をぎゅっと縮こまらせながら。

彼女は、まだ続けた。

「黒姫様に対して、謝罪を要求いたします」

彼女は、背筋をピンと伸ばし、南国の人たちを見ていた。

私は、しばらく彼女に見惚《みと》れた。

——私は自分を守るだけで精一杯で、この世界にきてから陽菜とガブ以外とあまり打ち解けようとしていなかった。この間の王子たちに平伏されてしまった時の一件から、少しは親しみを感じるようになっていたものの、基本的には陽菜とガブさえいればいいと考えていたのだ。

それなのに、彼女は私を守ろうとしてくれている。私のために……

私は、なにか言わなければと思った。

そして、口を開こうとしたのだけど——

「使用人が、このような場所で口を挟むなど——！」

私よりも早く、先に怒りの言葉が聞こえた。

クリスマス騎士が怒りで顔を赤くして叫んだのだ。

「わっ……私は、暴言を謝罪していただこうと………！」

侍女さんが言い募《つの》る言葉を遮《さえぎ》って、クリスマス騎士は叫ぶ。

「礼儀知らずめ。こんな使用人を雇《やと》っていることからもこの国の品位が疑われる」

侍女さんの肩がびくんと動いた。

自分の行動が、この国自体の評価につながってしまったことにおびえていた。そして、自分の発言を後悔しているようだった。

——いいや、後悔なんてさせない。

「とても、優秀でしょう？」

意図的に、ゆっくりとしゃべった。一言一言をはっきりと、重要なことを話していると伝わるように発音する。

私を守ろうと勇気を出してくれた人を、放っておいてはいけない。

普段あまりしゃべらない私が珍しく口を開いたことで、急に、この場が静かになる。

「力に屈しない強さ。この国を表しているようだわ」

一歩、クリスマス騎士に近付いた。彼は、一歩下がる。

「それに、私があなたの暴言を許しはしないことも知っていて立ち向かってくれた」

もう一歩進む。彼は、さらに下がる。

「加えて、これ以上の暴言を吐いてあなた方が咎《とが》められることからも守ろうした。そんな優しさまで兼ね備えているのよ」

私の言葉で、目の前の人間の顔が白くなる。

南国の人間、全員が一歩一歩下がっていく。

「ねえ?」

ひっ……と、鋭《するど》く息を呑む音が聞こえた。

「その優しさに気付けない馬鹿者の頭なんて……ただの飾り。いらないいと思わない？」

腕を上げようとしたところで、陽菜が私の腕を引っ張った。

「葉菜」

視線をやると、眉間に皺《しわ》を寄せて、陽菜が首を横に振った。

そして、南国の人たちのほうを見て――

「今のお話の続きは、謁見《えっけん》の間《ま》でお聞きします」

そう言ってから、綺麗《きれい》に一礼する。その姿に見惚《みと》れていたら――突然、陽菜が消えた。

まるで風に攫《さら》われたかのように、陽菜がいなくなったのだ。

次の瞬間、魔力によって陽菜が捕らわれたことに気付いた。

「私の愛はあなたに屈しはしない！」

その声に目を向けると、そりのようなものに乗り込んでいるクリスマス騎士がいた。その腕には、驚いて固まっている陽菜が抱き上げられている。

「私たちは、この愛を貫き通します！」

彼が叫ぶと同時に、そりがふわりと浮いて城の外へと飛んでいく。

「陽菜っ！　陽菜を返しなさい！」

ようやく私や護衛が動き出した時には、すでにそりは手の届かない場所だった。

「お許しください！　私たちは愛し合っているのです！」

遠くのほうでクリスマス騎士が叫びながら、そりは一気にスピードを上げて見えなくなっていく。

陽菜は悲鳴《ひめい》を上げていた。

護衛がすぐさま捜索隊を組み、侍女さんたちはおろおろと歩き回る。

――許さない。

「陽菜を、連れ去るなんて」

――逃がさない。

「陽菜を返せえええっ」

ぶわっと私の周りの空気が動いた。抑えきれない力が溢《あふ》れ出すのを感じる。体中に、痛いほどの力がみなぎる。

その時、私の周りで悲鳴《ひめい》が上がった。

怒りで陽菜が乗ったそりしか見ていなかったが、私が巻き起こした魔力の風にあおられた人々が叫び、地に伏していた。

「……ぁ」

小さな声が、意図せずに漏《も》れた。それに反応したように、侍女さんの一人が顔を上げる。

「黒姫様っ。落ち着いてください」

声をかけられたけれど、私の力は、もう自分で制御《せいぎょ》できる状態ではなかった。

どうしよう。陽菜を追いかけないと。この力、どうしよう。陽菜はどこ。

錯乱状態になりそうになっていたけれど、ふと体が楽になった。

「ぴー」

大きくなったわたまるが私の横に座った。その姿を見て、私は少しだけ冷静さを取り戻す。

周囲にはいまだに風が吹き荒れているれど、目を閉じて意識を集中させると、ガブの声が聞こえるような気がした。

『そう、ゆっくりだ。ゆっくり吐き出して』

ゆっくりと、風を身にまとわせるイメージ。私はガブの声に従い、力を制御《せいぎょ》しようと試《こころ》みる。

わずかながら風が止んだ時、わたまるが私を見て、頭をゆっくりと下げた。私の目の前で伏せをする格好だ。

「乗っていいの？」

小さな声で聞くと、わたまるは目を細めて、もう一度鳴いた。

「ありがとう！」

私が背に飛び乗ると、わたまるは翼を動かし、一気に空に駆け上《のぼ》る。黒い点のようになってしまっているけれど、クリスマス騎士と葉菜が乗ったそりはまだ見える。魔力の動きも見えた。南の空を一直線に駆けていた。

「黒姫様！　お待ちください！　もうすぐ、司令官が見えますから！」

下から、護衛たちの張り上げる声を聞いた。

「黒姫様！　危ないです！」

侍女さんたちの、悲痛な声も聞こえた。

私の魔力に吹き飛ばされてしまった人もいて、もしかしたら自分もそうなる可能性があるのに、それでも私に手を伸ばしてくれる。私を心配してくれる人がいることを知り、泣きたくなる。皆の想いが嬉しい。

だけど、私は陽菜がいなければこの世界で生きていけない。

――だから、ごめん。

心の中だけで謝って、私はわたまるに伝える。あのそりに追いついてと。

わたまるは空中を駆ける。

私は吹き飛ばされそうになって、慌ててわたまるの首にしがみついた。

わたまるは、空中を走るように足を動かして、ものすごいスピードでそりを追いかけてくれた。

「陽菜！　陽菜を返して！　待って！」

私は力の限りに声を上げた。

陽菜の乗るそりよりも、わたまるのほうが少し速いみたいだ。少しずつ、二人のそりが近付いてくる。

そう思った途端《とたん》、「やめてったら！」という陽菜の悲鳴《ひめい》が風に流されて聞こえた。

陽菜になにをするの……！

わたまるが追いつく前に、陽菜がなにかされてしまうかもしれない。

私はわたまるにしがみついたまま大きく息を吸った。

――『力の流れを感じて』

頭の中に、ガブの声が響く。私の手に、ガブの手が重なっている気がした。

私の指先に、淡い明かりが灯《とも》る。この明かりは――飛行機だ。私は超音速機を思い浮かべながら、明かりを飛ばした。その明かりは、あっという間にクリスマス騎士に追いつく。

私はさらにイメージを膨《ふく》らませながら、腕を振った。私の手の中から飛んでいった明かりは、ぴゅっと甲高い音を立てながら、クリスマス騎士の横で弾けた。

真横でいきなり爆発《ばくはつ》が起こり、クリスマス騎士のそりは傾いてしまったが、ふらふらしながらも、正常な状態に戻った。そうしているうちに、私たちは彼らに追いつくことができたのだ。

「葉菜！」

陽菜が、私に気が付いて目を丸くしている。

——よかった、陽菜は無事だ。着衣に乱れもないし、なにもされていないように見えた。

「陽菜、助けにきた！」

そう言いながら、私は指先に意識を集中させた。

今、私はクリスマス騎士を……初めて人間を攻撃しようとしている。私が本気でこの力をぶつけたら彼を殺してしまうだろうから、それほど強くはしないけれど。それに万が一にも陽菜には当てられない。

ざわっと、心臓を直接なでられるような不快な感覚が背筋を駆け上《のぼ》った。

私は、殺すことができるような力で、人間を攻撃しようとしているんだ。

腕が恐怖に震《ふる》えた。

違う、殺すことが目的じゃない。陽菜を助けるんだ。死んでしまうかもしれないなんて考えてはいけない。コントロールが効かなくなる。

もう一度大きく深呼吸をして、クリスマス騎士を睨《にら》み付けた。

「陽菜を離しなさい」

「私たちは愛し合っているのです！　邪魔《じゃま》はさせない！」

彼が、陽菜を強く抱き寄せた。陽菜の痛みに歪《ゆが》んだ顔を見た瞬間、私は溜《た》めていた力を彼に向かって飛ばしてしまう。

バシンッ！

派手な音を立てて、陽菜が座っている側のそりの後方にあった装飾《そうしょく》が弾け飛んだ。

コントロールが、全然できていない……！

もう一度やろうとは思えない精度だった。

それに、手も足も震《ふる》えが止まらなくて、もう力を溜《た》めることすらできない。自分の無力さに絶望しそうになった。

泣いている場合ではないのに、目に涙が浮かぶ。陽菜が、「大丈夫だよ」と言うように手を振ってくれた。陽菜は、私がなにをしようとして、なににショックを受けているのかをしっかりと理解している。

クリスマス騎士は、悔《くや》しさに唇を噛《か》みしめる私を見て、眉間の皺《しわ》をつまんで苦悩の声を上げる。

「なんてことだ」

そりが壊れたからか、彼はとても悩んでいるようだった。芝居《しばい》がかったセリフを吐き、こんな状況にもかかわらず、なぜか自分の世界に入り込んでいるみたいだ。

彼が浸《ひた》っている間に、どうにかして陽菜を助け出そうと考えていると、クリスマス騎士はくわっと目を見開いて叫んだ。

「私の美しさは、なんて罪深いのだ！」

突然の大声に、私も陽菜も体がびくっとした。

「黒姫様がそんなにも情熱的に私を想ってくださっているとは！　しかし、私の心は白姫様にある。

しかし！　それでも構わないとおっしゃるのなら、私はあなたを愛人として囲うことも……ぐあっ」

陽菜がクリスマス騎士の顎《あご》を下から掌底《しょうてい》で突き上げた。しゃべっている途中だったので、舌を噛《か》んだみたいだ。

私がクリスマス騎士のセリフに呆然《ぼうぜん》としている間に、陽菜は怒りをたぎらせたらしい。

「葉菜を、愛人にですって……!?」

低い陽菜の声に、クリスマス騎士は、慌てて立ち上がって首を横に振る。

「大丈夫です。私はあなたを一番に愛していますから！　黒姫は……ぐふっ」

クリスマス騎士は、次は腹を蹴《け》られて倒れた。

「この、変態誘拐犯が。キモイんだよ、触んな」

陽菜から発された言葉を理解できていないのだろう。クリスマス騎士は、しばらくじっとしてから、ふっと笑って華麗に立ち上がった。

どうやら空耳だと思うことにしたらしい彼が、陽菜に向けて手のひらを差し出したところで――

「そのオーバーアクションすべてがウザイ」

腕を組んで蔑《さげす》むような目をした陽菜がとどめを刺した。

笑顔のまま固まった彼を放って、陽菜は私に手を伸ばす。

「それ、わたまる？　その大きい姿なら触りたいわ」

大きくて格好いいわたまるは、お気に召《め》したらしい。クリスマス騎士を無視してこちらへこようとした。しかし……

「――なんてことだ」

彼のつぶやきが聞こえたと思ったら、陽菜の首に腕が回っていた。

「なんてことだなんてことだ！　白姫様に悪魔が乗り移ってしまった！」

クリスマス騎士が、錯乱したようにわめきながら陽菜の首を絞める。どうやらさっきの陽菜の暴言は、悪魔の仕業《しわざ》と思うことにしたらしい。

「なにをするの！　陽菜を離しなさい！」

そう声をかけるけど、私は今、力を溜《た》めることもできず、応戦する術《すべ》がない。

「離せっ」

私はそりのギリギリまでわたまるを寄せ、クリスマス騎士の腕に縋《すが》り付いて陽菜から手を離させようともがく。

けれども彼は「悪魔が愛しい姫を！」と叫びながら陽菜を捕まえ続ける。

陽菜の顔は、首を絞められているせいで真っ赤から紫に変わっていく。陽菜は口を開け、必死で喘《あえ》いでいる。

「嫌だ、お願い。離して！」

涙が溢《あふ》れた。陽菜を助けられない――！

「まさか……」

絶望しそうになった時、クリスマス騎士の、呆然《ぼうぜん》としたつぶやきが聞こえた。そうして私が掴《つか》んでいる腕から少し力が抜けたように感じて顔を上げると、彼は血走った目でこちらを見ていた。

「そうか、お前が悪魔か！」

私の泣き顔を憎々《にくにく》しげに見て、彼は陽菜の首から手を離した。陽菜の様子が気になるけれど、咳《せ》き込んでいるから死んではいない。そのことに安心して、私は彼とふたたび対峙《たいじ》する。

魔力を使って、クリスマス騎士がこれ以上陽菜に危害を加えられないようにしたい。

――さっきまでの手や体の震《ふる》えは治まったから、また魔力を溜《た》めることはできそうだ。とはいえ、こんな至近距離で力を放てない。そんなことをしたら、私はきっとこの人を殺してしまう。

私は為す術《すべ》もなく――彼が私を殺すために伸ばしてくる手を待つ。

「触るな」

だが、覚悟していた手には捕らえられず、逞《たくま》しく温かな腕に抱き込まれた。

――声と腕の主は、ガブだった。

クリスマス騎士は、ガブの長い足に蹴《け》り飛ばされた。

「葉菜、なにをしているんだ。浮気か？」

私を抱き込んだまま、気に入らなそうに眉根を寄せた顔を、ぼんやりと見上げた。

「ガブ？」

小さく呼びかけると、私の顔を見たガブが困った顔をした。そして、私の頭に手を置いて、よしよしと撫《な》でてくれる。

「私が来るまで待っていればいいものを」

ため息を吐きながら、仕方のない子だと言われているのに、優しく温かい腕に抱き込まれて、私は涙をこらえられなかった。

――だって、陽菜が連れ去られて、そんな余裕なかったの。陽菜を見失ってしまったらって、とても怖くて。それに本当は、自分が攻撃されるのも怖かった。

「ひ～～～ん」

情けない声を上げて、私は世界で一番安心できるガブの胸に顔をうずめた。

額に浮かんだ汗を面倒くさそうに拭《ぬぐ》う彼は、クリスマス騎士を腕の一振りで拘束《こうそく》してしまう。クリスマス騎士の両手首には、灯りの輪のようなものがくくりつけられている。

「なにをするんだ！　私は悪魔を退治しようとしただけだ！」

私を『悪魔』と評する言葉に、身がすくんだ。私は思わず、ガブの腕にもっと深く顔をうずめる。

「神の遣《つか》いである巫女姫様になんてことを。……運べ」

ガブが、不快さを滲《にじ》ませて言う。よく見ると、ガブの部下も一緒に来ていた。

だが、クリスマス騎士は、自分を連行しようとした兵たちに叱責《しっせき》の声を上げた。

「私を誰だと思っているんだ！　中央国など、我が国にかかればひとひねりだぞ！」

クリスマス騎士が発した戦争を示唆《しさ》する言葉に、私は震《ふる》えた。

「――巫女姫様を攫《さら》った上、その暴言。許されることはないでしょう」

ガブの淡々とした言葉の中にある本気の怒りに、私は顔を上げる。

戦争の抑止力《よくしりょく》になるためにこの世界にやってきた私たちが、争いの火種になる？　――そんなの、嫌だ！　ガブの腕の中から出て、そんなことをしてはいけないと訴《うった》えようと思ったのに、ガブの腕の力が強すぎて、出ていけなかった。

腕を離してもらおうと、もがいてみればもがいてみるほど力が強まっている気がする。

そうやって私がもがいている姿を見たクリスマス騎士は大きく手を広げて、叫んだ。

「ははっ！　そう、中央国の者こそ、巫女姫を縛り付ける罪人ではないか！」

彼は、私を見て、不自然なくらい優しく微笑んだ。ぞわっと背筋に震《ふる》えが走って鳥肌が立つほど気持ちが悪かった。

「巫女姫を縛り付ける悪人を許しておけない！」

彼は、魔力の拘束《こうそく》の下でもがきながら、私に近付いてくる。

「さあ、黒姫様。怖がらずに仰《おっしゃ》ってください。私と共に南国へ行くと！」

「え？　いや、行きません」

さっきまで逃れようとしていたガブの腕に縋《すが》り付く。

またしがみついてきた私を抱きとめながら、ガブは深いため息を吐いていた。

「黒姫様、怖がる必要はないのです！　我が南国は全力で、あなたをお守りします！」

断ったというのに、クリスマス騎士は、まるで自分こそ私を助ける英雄であるかのようなことを言っている。意味がわからない。

首を傾げる私に、クリスマス騎士はわかっているというように大きくうなずいた。

「先ほど私が言った、『愛人』という言葉を気にしているのですね」

陽菜がブチ切れた言葉か。ガブの腕にも力がぎゅっと加わった。

「先ほどは緊張のあまり、本心とはかけ離れた言葉を叫んでしまいました」

先ほどの言葉とは、悪魔だと叫んでいたあれだろうか。それとも、愛人にするとか言っていたほう？

「本当は、あなたを愛しく思っていたというのに」

「……は？」

想像もしなかった言葉が出てきた。驚いて思わず普通に声を出してしまった私に、クリスマス騎士は悔《くや》しそうな表情を向ける。

「私は愛しい女性にひどい暴言を吐いてしまった。この罪深い自分が許せない」

おでこを押さえて苦悩の表情を浮かべるこの人に、私は構ってあげるべきなのだろうか。

愛しい女性ってダレダ。この流れから行くと、次に続く彼の言葉はまさか……

「黒姫様、私と共に……」

やっぱり。なに考えているんだ、この人。

「黒姫は、私のものだ」

驚きすぎて固まっていると、ガブの腕が私を包み込んだ。強く抱き寄せられて、そんな場合じゃないのにきゅんと胸が高鳴った。

そうして頬《ほお》の筋肉が緩んでしまっているところに、クリスマス騎士の不快そうな声が響く。

「そうやって、無理矢理従わせているということですか？　神の遣《つか》いである巫女姫様を！」

ポーズをつけて言う彼を眺《なが》めながら、私は首を傾げた。

「無理矢理とは、どういうことでしょう？」

二人の会話に割り込んだ。無理矢理なにかしたと言うなら、クリスマス騎士のほうだろう。

「黒姫様、ですから、あなたを捕まえている、その男性が……」

クリスマス騎士が不満げな顔をしながらガブを指さした。

捕まえている……？　私はガブを見上げて、なるほどと思う。大きな体のガブが、私を全身で包み込んでいる様《さま》を、クリスマス騎士は囚われていると判断したようだ。

「私が彼を怖がることはありません。なぜなら彼は——」

言葉を続けようとした途端《とたん》、私の顔は熱くなった。

気まずくなって辺りを見渡せば、クリスマス騎士だけでなく、その場にいる全員がこちらに注目していた。というか、さっきより人が増えている。中央国の衛兵と、なぜか面白がっている表情を隠しもしない王子までいた。

途端《とたん》に、喉《のど》が引き攣《つ》れたように動かなくなる。なぜ、こんな公開告白っぽいシチュエーション!?

チラリと見上げれば、困った顔をしたガブがいた。相変わらず、その腕は私を離さない。

ガブが傍《そば》にいてくれることに安心して、無理矢理声を絞《しぼ》り出した。

「彼は、私の恋人です」

言った途端《とたん》、クリスマス騎士は目を見開いた。

「え、しかし……！」

「スウォリディス様」

クリスマス騎士の言葉を遮《さえぎ》ったのは陽菜だった。自分が乗ってきたそりから王子のそりに乗り移り、傍《かたわ》らに佇《たたず》む王子に手を借りながら、陽菜が立ち上がっていた。

いつもは避けたがる王子の手をぎゅっと握《にぎ》りしめて、クリスマス騎士を睨《にら》み付けている。

陽菜は大きく息を吸って、言葉を発した。

「私たちをかどわかした理由等もお聞きしなくてはなりませんわ。城へお戻りくださいますね？」

私たちって……陽菜だけが連れてこられたのであって、私は追いかけてきたのだけど。しかしクリスマス騎士も、反論もせずに静かにうなずく。

その間、陽菜の傍《そば》に立つ王子はなにも言わずに、ただ陽菜を支えていた。

――クリスマス騎士から陽菜を奪還し、一応話がまとまったので、私たちはお城に戻ることになった。

ガブたちは、クリスマス騎士のものとは形は違えど、やはりそりのようなものに乗ってきていた。どうやら、この世界の魔力を有する者たちの間では一般的な空飛ぶ乗り物らしい。

……クリスマス騎士だけに、そりかと思ったのに。なんだ、皆乗るのか。

帰り道も、私はわたまるに乗って帰ろうかと思っていたのだけど、あっさりとガブのそりへと乗せられてしまう。

「乗るのは、このそり以外では私にだけにしてくれ」

「その言葉はアウトだわ」

ガブの背後から陽菜の突っ込みが入った。

え？　…………ああ、そういうことか！

その突っ込みがないと、言われた意味がわからなかったと思う。ちなみに、陽菜は王子が嬉しそうに同じそりに乗せていた。

クリスマス騎士は、自分の意思で城に戻るというので、騎士たちに監視されながら自分のそりで移動している。隣国の大使という彼の身分があるため、その場ですぐに逮捕というわけにはいかないらしい。城への帰路でガブが教えてくれた。

◆　❈　◆

城に戻りはしたものの、事件のことは多くの人間に知られたいことではない。そのため、クリスマス騎士と私たち、それから王子と先ほどガブと一緒に追いかけてきてくれた護衛の一部は、大使訪問期間の護衛の総責任者である、ガブの執務室へ集まった。

「巫女姫様方を連れ去ろうとした理由をお聞かせください」

今回の事件の関係者が全員部屋に入ったのを確認するなり、王子が口を開いた。

「……私は、白姫様と相思相愛で……」

「という妄想を拡大させた上での暴挙というわけですね」

王子はわざわざ聞いたくせに、さっさとクリスマス騎士の言葉を切って捨てた。

「では、黒姫様を愛しく想っていた、という先ほどの言葉は？」

王子がそう聞くと、クリスマス騎士は、不快そうに眉根を寄せて髪をかき上げた。

「私は、黒姫様に何度も求愛を受けていました」

ぱかん。私は、下顎《したあご》が外れるほど大きく口を開けた。

「ですから、共に国へ帰ろうと誘ったのです」

求愛⁉　した覚えがない。

彼は、目も口も開いた私を横目でチラリと見てから、ふっと、息を吐き出しながら意味ありげに笑った。

「黒姫様、なぜ私にだけ微笑んでくださったのですか？」

クリスマス騎士にだけ微笑んだ……？

……覚えがな……くはない。前に陽菜からも、どうしてクリスマス騎士が来た時にだけ笑ったのかと言われたことを思い出した。

まずい、と思った瞬間に、顔が熱くなるのを感じた。

「い、いえ、お一人にだけ微笑むなど」

誤魔化そうと試《こころ》みたけれど、ふふっという彼の自信に満ちた笑い声でかき消された。

まったく信じてくれる気配がない！　どどど、どうしよう！

困り切って陽菜を見たところ、陽菜はそっぽを向いたまま言った。

「もう、本当のことを言ったら？」

「えええ⁉」

失礼すぎるでしょう！

うしろを振り返ってガブを見ると、やっぱり困った顔。

「葉菜が理由を言わなきゃ、終わらないのよ」

陽菜のいつになく冷たい声を聞いて、私はクリスマス騎士に顔を向けた。彼は、期待した顔でニコニコと笑って私を見下ろしている。『好意があると勘違いされていることぐらい構わない』と思っていた過去の自分を殴りたい。とりあえず、どんな誤解でも解いておくことが大切なのだ。

「〜〜〜っ、も、申し訳ありません！」

とりあえず、先に謝っておこうと、謝罪から入った。

「なぜ、謝るのです？」

クリスマス騎士の問いには答えずに言葉を紡《つむ》ぐ。

「私が笑っていたのは、あの、ク……いえ、騎士様のお姿が…………」

やべえ。名前さえ覚えていない。

「姿ですか？　……ふふ。この私の姿がどうされました？」

なんだか、彼はとても嬉しそうだ。私の言葉に合わせて、髪をかき上げ小首を傾げる。えらく格好つけている感じがするが、笑いを誘うのでやめて欲しい。謝っている最中に笑いたくなってしまう。

とにかく、私は言わなければ。

「面白くて……すみません」

「──はい？」

クリスマス騎士の固まった表情が怖い。申し訳なさから、目を合わせることもできずにまくし立てた。

「あああぁっ！　あの、誰かの姿を見て面白いと思うことの失礼さはしっかりとわかっているんです！　いるんですが、バレなきゃいいと思っていて……！　いえ、だって、そんなアレそのものみたいな色合いをしていらっしゃるからっ！」

しまった。責任転嫁《てんか》するようなことを言ってしまった。もうなにをどう説明していいのかわからなくなっていたところで、陽菜からの助け舟がきた。

「私たちが元いた世界では、赤と緑が定番色となっているお祭りがあるのです」

いつの間にか、陽菜の前には白い紙が出現している。そこに陽菜は、大きくクリスマスツリーを書き込んだ。

「そのお祭りの時、こういう緑色の木に、赤い飾りを付けるのです。木や飾りには他の色もありますが、多くの場合赤と緑を用います。名前を、クリスマスツリーと言います」

まあ、すごく単純化しているけれど、そういうこと、なのかな？

陽菜の簡単な説明を聞きながら、私は一生懸命謝罪の言葉を考えていた。

「そして、このクリスマスツリーの一番上には星型のオーナメントを付けるのも定番です。なにかに似ていると思いませんか？　はい、今日のスウォリディス様の格好です」

ぐっ……

謝罪の言葉を考えていたのに、陽菜の説明を聞いていたら、また噴き出しかけた。

もうダメだ。笑ってはダメ。ダメなのに……

「スウォリディス様と初めてお会いした日も、葉菜はこういう気持ちで微笑んでいたのです。今、葉菜の頭の中は『笑っちゃダメ』という言葉でいっぱいです」

余計なことを言うな！　お腹が引き攣《つ》れそうなほど痛い。

「もっ……申し訳なく思って…………ぶふっ」

「葉菜、その言葉、笑いながら言っても説得力がないわ」

「ぶはっ……っ！　誰のせいよっ！」

陽菜が呑気《のんき》に突っ込んでくる言葉に勢いよく返事をした。その勢いを借りて、もう一度、しっかりと謝罪をした。

「ごめんなさい！　見るたびにクリスマスを思い出してしまって、お目にかかるたびにおかしくて……」

「おか、しくて……？」

私の謝罪を聞いて、呆然《ぼうぜん》という表情で彼は立ち尽くした。

こんな無礼《ぶれい》を働かれたことなどないのだろう。私だって、普段はこんなに失礼すぎることはしないのだ。

「でも、ご安心ください！　私たちの元いた世界では笑いが止まらないほど面白い格好ですが、こちらの世界ではオシャレに違いありませんから！」

謝罪は済んだので、次はフォローだと思った。

「頭に星を載《の》っけるようなちょっと信じられない行為も、この世界では大丈夫なんだと思うんです！」

「だ……だいじょう、ぶ……ですか……」

弱々しい声でつぶやいた彼は、ショックを受けているようだ。だから私は申し訳なく思いながら、力強く肯定した。

「はい！　派手ですごく目立って、目印になっていいですよね！」

「目印……」

クリスマス騎士がよたよたとうしろに数歩よろけた。まだフォローが足りないようだ。

そうしたら……！

「葉菜、これ以上なにも言わないほうがいいと思うわ」

「え、そう？」

陽菜にうしろへと引っ張られて、私は言葉を止める。陽菜を見ると、深くゆっくりとうなずかれた。

それから私と陽菜は、王子とガブにそっと促《うなが》されてドアへ向かう。

「あれ、クリ……じゃない、すうおう……？　えと、あの……騎士様はどこへ？」

さっき、陽菜が名前を呼んでいたから、その時覚えたつもりだったけれど、私の脳みそはやっぱり名前を記憶していなかった。

「放っておいてあげて」

陽菜が目を伏せて首を横に振る。ガブと王子を見ると、呆《あき》れた視線が降ってきた。私が、クリスマス騎士の名前を覚えていないことを、ここにいる全員に知られてしまった。

「だっ……大丈夫！　私、王子の名前も覚えていない！」

クリスマス騎士に向かって、あなただけが特別じゃないのです！　というフォローをしたつもりだったが、今度は王子を驚かせてしまったようだ。王子は目を見開いて呆然《ぼうぜん》としている。……失敗した。

「なにが大丈夫なのよ」

陽菜に背中を押されて、私は無理矢理部屋の外に出された。

廊下に出るなり、陽菜が呆《あき》れ声を上げる。

「あそこまで滅多打ちにするとは思っていなかったわ」

めったうち？

「私、謝って……フォローしたつもりなんだけど」

陽菜に、可哀想《かわいそう》な子を見る目を向けられた。

うう、ひどい。

でも、それよりも、もっとひどいのが自分だとわかっているので、おとなしく「すみません」とつぶやいた。

よくわからないけれど、ガブの機嫌はとてもいい。背後から抱きしめられたまま歩くことになり、邪魔《じゃま》だった。

そんなことを思いながら、自分たちの部屋へ向かっていると――

「黒姫様っ！」

部屋の前に、一人の侍女さんが泣きはらした顔で立っていた。よく見ると彼女は、クリスマス騎士の暴言から私を守ろうとしてくれた侍女さんだ。

「申し訳ありません！　私の軽はずみな発言で、こんなことに……！　本当にお怪我《けが》はないですか？」

謝罪の途中に、また涙が込み上げてきたようで、彼女は言葉を詰まらせた。

「無事だと連絡はしたはずだが」

ガブが淡々と言葉を紡《つむ》ぐと、わかっているというように、深く何度もうなずいた。確かに、連絡はきていたのだろう。でも、居ても立ってもいられず、自分の目で確かめるためにきたのだと彼女は続けた。それと一緒に、私たちのためにティーセットも用意してきてくれている。

私は彼女の手に、そっと自分の手を伸ばした。

私はこの世界に来てから、強い魔力や腕力を持つ限られた人と陽菜にしか極力触れないようにしてきた。自分の力が暴走して、傷付けてしまいそうで怖かったから。いつも身の回りのお世話をしてくれているこの侍女さんに触れるのも、今日が初めて。近付いて怖がられることに怯《おび》えていたし、そんな態度をされて自分が傷付くのも嫌だった。

きっとこの侍女さんは、私の力を怖いと思うこともあったと思う。それなのに、こんな私を彼女は救ってくれた。

私が手を重ねると、彼女の目から洪水のように涙が溢《あふ》れだした。

そして、私の手を両手で握《にぎ》りしめて、「よくぞご無事で……！」と、絞《しぼ》り出すように言った。

「ありがとう」

いろいろな想いを込めてお礼を言った。

私のことを、わかってくれる人がいる。

怖がらないで……、しっかりと見てくれる人がいる。

そのことを実感するたびに、召喚《しょうかん》された直後は自分と陽菜の二人だけだった世界が広がっていくのを感じていた。

8

クリスマス騎士のことがあって延期された最後の謁見《えっけん》は、次の日に行《おこな》われた。

南の国大使本人は体調不良ということで、代理の者が出席して滞《とどこお》りなく終了したのである。

各国の大使は、やはり陽菜に対して、我が国に来てほしいと懇願《こんがん》した。しかし陽菜は持ち前の小悪魔的な話術と笑顔でそれらをかわしていった。その様子は、見事としか言いようがなかった。大使たちは陽菜の返答に大変満足し、とても感動していた。

そんな様子を、王子は満足げに目を細めて見つめていた。ついでに、時折陽菜に対して『さすが私の妃だ』とでも言いそうな視線も向ける。陽菜は、そんな王子の視線に、少しだけ染まった頬《ほお》を隠しながらふんと鼻を鳴らしたのだった。

——そして次の日。

予定通りに四国の大使たちは、自国へと帰っていった。

私たちも彼らの見送りの場に出たため、最後にもう一度クリスマス騎士に謝ろうかとも思ったのだが、陽菜に止められた。「傷を抉《えぐ》るな」と。……抉《えぐ》るつもりはないのだけれど。

結局、彼の処分は、中央国と私たちに対し賠償金を支払うことで決着したようだった。私も陽菜も彼のことは中央国の判断に任せると決めていたので異論はない。勘違いさせてしまった私も悪かったし、悪意があってしたことでもなかったので、それでよかった。

こうして、賓客《ひんきゃく》の歓待《かんたい》期間が終わった。二週間ほどだったが、すごく長く感じられた。

——疲れたなあ。

夕食後、お風呂に入ってから、思わずソファでうとうとしていると、ごちんっといきなりゲンコツをくらった。

「うえっ!?」

驚いて振り返ると、陽菜だった。

というか、私にこんなことをするのは、この世界には陽菜しかいないのだけれど。

「なにすんのよ？」

目をぱちくりさせながら言うと、「今日こそは言わなきゃと思って」と陽菜は私の隣に座った。

「葉菜の無自覚なところも可愛くて今までは放置していたのだけれど、そろそろ教えておくわ」

なんのこと？

疑問はあれど、陽菜が妙に改まった言い方をするから、大切な用件かと思って身構えていた。

「葉菜は、私のことを可愛いって思う？」

陽菜の口から出てきたのは、なんてことのない確認だった。

「うん。すごく可愛い」

あっさりとうなずく。陽菜はこれまでも、時々こういうことを聞いてきていたし、本心から陽菜のことを可愛いと思っているので即答した。いつもの流れだと、このあと陽菜はにっこり笑って「ありがとう」と言い、この会話は終わりのはず。そう思っていたけれど、陽菜は真剣な表情を崩さず続けた。

「同じ顔なのよ」

一瞬、なにを言われたのかわからなくて、首を傾げる。

「私と葉菜は、同じ顔なの」

もう一度、力強く言われて、私は笑った。

「そりゃ、双子だもん。顔の作りはね。でも、私は身なりを気にしてないし陽菜は……」

いつも通りの私のセリフ。それをぶったぎって陽菜は言う。

「今は葉菜だって、プロフェッショナルな侍女の皆様に、毎日、同じように完璧《かんぺき》に手入れしてもらってるでしょ」

「はあ……」

今も、風呂上がりに香油を塗ったりマッサージをしたりしていただいたあとなので、つやつやだ。

「私が可愛いってことは、葉菜も可愛いのよ。同じように可愛いの」

「へえ」

やっぱり、手入れというのはするべきなんだなと思う。一卵性《いちらんせい》なのに、見分けがつくと評判だった私たちが同じだと思われる日がくるなんて。

心底驚き、信じられない想いで陽菜を見ると呆《あき》れられた。

「鏡見てないの？」

「見てるけど、そんなもん、実感ないよ」

トリップ前と同じに思える。『うわぁお。美人になったわあ』、なんて感じたこともない。

「そんだけつやっつやなのに？」

まあ、肌質はよくなったと感じたことはある。今も、頬《ほお》を両手で包むと、もちもちで気持ちがいい。少々太ったのかもしれないが、肌はすべすべだと思う。

「可愛いのよ。……聞いてんの!?」

頬《ほお》をつねられて怒られた。

「聞いてるけど、肌とかが綺麗《きれい》になっただけでしょ？　私、あんまり人前でしゃべれないし、笑わないし、陽菜と同じほど可愛いってことはないと思う」

受け答えの仕方や表情が違うもの。陽菜は性格的に愛されるタイプだが、私は取っ付きにくいと感じさせてしまうタイプだ。

「葉菜の笑顔には、プレミアム感があるのよ」

「……」

また、妙なことを言い出した。

「滅多に笑顔を見せない分、笑いかけられると自分だけは特別！　と思えるプレミアム感があるの。その感情を抱かせることは、恋愛の王道テクニックよ！」

「ええ？」

どこの王道だ。見たことも聞いたこともない。

「いひゃい」

嫌そうな声を出した途端《とたん》、両方の頬《ほお》をつねられた。

「だから、少しでもいいから、自覚しなさい。葉菜は可愛いの」

陽菜の言いたいことがわからなくて、私は困った顔をする。そしたら陽菜は悲しそうにため息を吐いた。

「葉菜、自分にもっと自信を持って。もともと中身は可愛かったけど、今は外見も完璧《かんぺき》よ。誰の目にもそう映っているし、それこそガブスティル様には、ものすごく、世界で一番可愛く見えているの。……それは信じる？」

他の人からどう思われているのかは実感がないものの。ガブの気持ちはわかる。

陽菜の言葉を聞いた途端《とたん》に、頬《ほお》が熱を持つ。それを見て陽菜が嬉しそうに微笑んだ。

「ひとまず、ガブスティル様の気持ちがわかっていさえすればいいわ。私は葉菜を笑って送り出せる」

陽菜は、とてもとても綺麗《きれい》に笑っているのに、どこか泣きそうな表情に思えた。

理由がわからず、私が口を開こうとしたところで、ドアをノックする音が響く。

「……ちょうどね」

陽菜は、そう言って立ち上がった。

こんな時間に誰だろう。私たちは、すでに寝巻きの姿だ。こんな姿で誰かに会ったことなんてない。

陽菜は、寝巻きの上に上着を羽織《はお》った。

「葉菜、この一週間、お疲れ様」

そうして私に上着を手渡してくれながら、陽菜が言った。

だけど、お疲れ様は、陽菜だ。賓客《ひんきゃく》の対応をしていたのは、ほぼすべて陽菜なのだから。

そう言おうと口を開きかけたら、陽菜が手をかざして私を遮《さえぎ》って続ける。

「葉菜がいたからきっと、私は治癒力《ちゆりょく》を使えと強要されなくて済んだ。葉菜が憎《にく》まれ役を演じてくれていたから、私は慈悲《じひ》深い姫でいられたのよ。いつも葉菜が傍《そば》にいてくれたことで、私は救われていた」

そんな風に思ってくれていただなんて。無理矢理陽菜に力を使わせようとする者が現れないかと警戒《けいかい》していたのは確かだけど、基本的には、口下手で愛想もよくないから上手く応対ができなかっただけだ。

「陽菜に感謝されるようなこと、私は――」

……まったくしていない。

そう続けようとしたら、陽菜は諦《あきら》めたように笑って、扉へ視線を向けた。

「私じゃ、葉菜を存分に甘やかしてあげられない」

陽菜が侍女さんに合図をして扉を開けるように促《うなが》す。

「ガブ？」

開いた扉の先には、いつもの軍服を脱いだラフなシャツ姿のガブが立っていた。

「お呼びと伺《うかが》いまして」

不服そうなガブが、部屋に入ってきた。

「お呼び？」

私が首を傾げると、陽菜は満足げにうなずいた。

「そう。私が従者に頼んでおいたの。ガブスティル様がもう寝るだけになって寛《くつろ》ぎ始めたら、急用だと呼び出してと」

「嫌がらせですか」

「まあね。ちょっとばかり、悔《くや》しかったの」

くすくす笑いながら、陽菜は私に目を向けた。

「葉菜、甘えてきなさい」

意味がわからずに、ただ陽菜を見上げる私に、陽菜は本心からの笑顔で言う。

——そういえば陽菜は、この世界にきてから、こんな風に感情を露《あら》わにすることが増えた気がする。

「もう我慢しなくていいから、なにも考えずに甘えておいでよ」

なにも考えずに。無条件に甘やかしてくれる人の腕の中へ。

ガブの驚いた顔が視界の端に映った。

「ガブスティル様に捕まえられている時だけは、葉菜はいつも落ち着いてる」

——抱きしめられている、じゃなくて、捕まえられてるって言った。クリスマス騎士にも同じことを言われたと思い出し、心の中でツッコミを入れてしまう。

「私じゃ、同じ境遇を慰《なぐさ》め合うことしかできない。それに、葉菜は私といると、私が持つ治癒の力と自分が持つ破壊の力を比べて、自分を嫌いになってしまうから」

それから陽菜は、こう続けた。

「葉菜は、私がいくら葉菜のことを『すごい』、『可愛い』と言っても心の底から信じることはできないでしょう。私たち双子は昔から一心同体のような存在で、だからこそお互いに対して複雑な感情も抱いてしまうものだから。姉妹で親友、だけどライバルでもあって……」

——陽菜も、そんな風に思っていたなんて意外だ。コンプレックスを感じていたのは、私だけじゃなかったのだろうか。

「この世界にきてからは、葉菜は授《さず》けられた力のこともあって、とくに強がってそういう自分を演じているように思えた。いつか葉菜が壊れてしまうんじゃないかって心配してた。でも、ガブステイル様といる時だけは……」

陽菜は私からガブに視線を移し、視線を鋭《するど》くする。

「本当は、こんなのが葉菜の相手とか嫌なんだけど！」

少し陽菜の声が低くなって、吐き捨てるような言い方をした。

それに驚く間もなく、私の体は宙に浮く。

「ありがたく、いただきます」

「ちょっと、話が終わっていないんだけど！」

「葉菜、私の部屋に行こう」

抱き上げられて、甘く頬《ほお》にキスを受けた。

「そのつもりだったからいいけど、ムカつくわ」

陽菜を見ると、眉間に皺《しわ》を寄せてイライラした顔をしていた。そんな場合じゃないのに、こんな表情をする陽菜を、元の世界ではあまり見なかったと考えてしまう。陽菜はこの世界にきてから本当の感情を表に出せるようになったと思う。

別に、以前の陽菜が無理をしていたとか言うつもりはない。陽菜の処世術《しょせいじゅつ》だし、あれはあれで楽しんでいたように見えたから。私はどちらでもいいけれど、陽菜はきっと、今のほうが楽なのではないだろうか。

突然異世界に連れてこられて最初は戸惑ったけれど、今となっては私も陽菜もこれでよかったのかもしれない。

「葉菜。今日は思いっきり甘やかしてもらいなさい」

私の笑顔に応えるように陽菜も笑う。

「うん。おやすみなさい」

「おやすみなさい」

その挨拶《あいさつ》が、陽菜の口から出たと同時に、ガブは一礼して、自分の部屋へと私を運んでいった。

◆ ❖ ◆

抱えられたままガブの部屋にきて、ゆっくりとベッドに下ろされた。

その後、いったん離れようとしたガブを捕まえて、胸元に頬《ほお》ずりする。

ガブが、すぐに壊れてしまう宝物を扱うように私に触れるから。その手が離れてしまうのがすごく惜《お》しくなった。

抱き付いた私の頭の上に、唇が落ちてくる。

「ずっとこうしててね？」

「ああ」

その返事に、私は満足して笑い、ほうっと息を吐いた。すぐ傍《そば》にあるガブのぬくもりを感じながら、目を閉じる。

「……」

「……」

「ダメ」

「なぜだ」

お尻のほうへ下りてきて、不穏な動きを見せてくる腕を捕まえた。そうして無理矢理もう一度背中に回させる。

「じっとしてて」

ガブを見上げて言うと、見るからにショックを受けた顔をしていた。こんなに『ガーン』という擬態語が似合う表情は見たことがない。

「今日は、ダメ。ずっとこうしてるの」

目を見ながら言うと、ガブは眉間に皺《しわ》を寄せた。

「こうしてる……というのは、こうやって葉菜を抱きしめているだけか」

「そう」

気に入らなそうにするガブを放って、私はもう一度胸元に顔をうずめる。

「疲れたの」

ほとんどの時間が座っているだけで、あとは少し歩いてお辞儀《じぎ》をしていただけ。だから、『疲れることなどしていない』と言われれば、それまでなんだけど。

「――ああ、そうか」

そんな、納得したような声と共に吐息が落ちてきて、腕の力が強くなった。

「よく、頑張《がんば》った」

そう言って、背中を撫《な》でてくれるから、なぜだか少しだけ涙が出た。

しばらくそうしていうと、ガブが突然「明日、休みになった」と告げてくる。

「殿下がいきなり休んでもいいと言ってな」

私の頬《ほお》にキスをしながら、ガブは笑う。

「だから、明日は陽菜様から葉菜を奪いに行こうとしていた」

先に呼びつけられたが、と言いながら、舌を出して私の頬《ほお》をぺろりと舐《な》めた。

多分、陽菜が王子になにかを言ってくれたのではないかと思う。改めて、陽菜はすごいなあと思う。

なんて考えている間に、耳を噛《か》まれて、体が跳ねた。

「ガブっ！」

「なんだ」

私が怒った顔をするのを心底不思議そうに見てガブが首を傾げる。

「抱きしめたまま、できることをしているだけだ」

そう言うなり、性急に唇を重ねられた。

「ん……っ」

鼻に抜ける甘えた声が自分から漏《も》れた。

「……葉菜」

角度を変えて、深く入ってきた舌が、歯列《しれつ》を優しく辿《たど》っていく。首筋にぴりりっと電気のような痺《しび》れが走って、体が震《ふる》えた。

ガブの舌は、私の舌を絡め取っていく。

ちゅ……くちゅ、ちゅ。

舌が絡まり合う水音だけが部屋に響いている。

深く入り込んできた舌が抜かれて、唇を啄《ついば》むように、食まれる。

「葉菜」

その合間にささやかれる自分の名前が、愛しくて。

息継ぎの合間に、私もガブの名前を呼んだ。

「ガブ、ガブ……！」

「ああ、可愛い」

抱きしめる力が強くなる。時折、力を入れすぎたことに気が付いたように緩んでは、また徐々に強くなっていく。

息苦しさに幸せを感じるなんて。自分がおかしくて笑った。その笑いにつられたように、ガブも微笑む。

私が陽菜とガブにしか笑いかけないというなら、陽菜とガブだってそう。

陽菜は本気の笑顔は、ほとんど見せないし、ガブだって、こんな風に笑うのなんか、数回しか見たことがない。

そう考えた時、以前ガブに、自分以外に笑いかけるなと言われた理由がわかった気がした。

だって、この笑顔を独り占めしたい。ガブがこんなに甘く微笑む姿を誰にも見せたくない。私だけ、私にだけその表情を見せてほしいと思った。

体の奥から、愛しい想いが溢《あふ》れ出してくる。

ガブの首に腕を回してキスをねだる。もっと、もっと。体が溶けてしまうまでキスをして。

くちゅくちゅとキスをする水音と、私の息遣いだけが部屋に響く。

抱きしめられてキスをしているだけなのに、体中がじんじんと痺《しび》れて熱くなっていく。唇が離れた少しの隙間《すきま》に、透明な架橋《かきょう》ができた。ガブの分厚い舌がそれを舐《な》め取って、また私に吸い付いてくる。

「は……ぁんっ、ん」

堪《こら》えきれない喘《あえ》ぎ声が、私の口から漏《も》れた。熱い体を、無意識にガブにこすりつけていた。

——そうしたら、くるんと仰向けにされて、すぽんと寝巻きを脱がされる。

「ええっ!?」

どうやら、ボタンも紐《ひも》もいつの間にかすべて取られていたらしい。

ガブの腕に抱き込まれて気が付いていなかった。

「これ以上の我慢など無理だろう。葉菜が煽《あお》ったんだ」

間近で目を覗《のぞ》き込まれながら、髪を一房《ひとふさ》ガブにすくわれる。そうしてそこにキスされた。

欲情に濡《ぬ》れたガブの瞳に絡め取られて、私は抵抗もできない。

寝巻きの下に身につけていたキャミソールっぽい下着とショーツだけになってしまった私を見下ろして、満足げにガブは笑う。

「この下着はいい買い物だった」

瞬間的に思った。——お前か！

今日、入浴のあとに侍女さんたちが持ってきたこの新しい下着は、今までにない可愛らしいものだった。

肩先から裾《すそ》はシンプルな無地で、裾《すそ》にだけ小花のようなレースがあしらわれている。全体的に透《す》け感があり、さらさらと柔《やわ》らかい手触りで着心地がとてもいい。ちょっと色っぽいけれど、寝巻きの下に着るだけだし、誰にも見せないから……そう思って着たのだ。

これは、ガブが選んだものだったのか。そして、今日ガブに見せるために着せられたのか。

ということは、侍女さんたちは今日、私とガブがなにをする予定か知っていたわけで……

それを理解して、顔が熱を持った。

両手で胸元を隠しながら、私は叫ぶ。

「侍女さんたちに、なにを言ったのっ？」

ガブは胸元を隠す私の腕を取って、手のひらにキスを落とした。隠すなということだろうが、こんな裸よりも恥《は》ずかしい下着なんて堂々と見せられるわけがない。

「このプレゼントを贈りたいと言って渡しただけだ」

そうしたら、侍女さんたちが気を利かせてくれたと。――なんて恥《は》ずかしい真似《まね》を！

「葉菜？」

「ん、むっ」

なにか反論しようとしたところで、口を塞《ふさ》がれた。

ぐいっと口をこじ開けて、ガブの太い舌が侵入してくる。驚いて引っ込めてしまっていた舌を、ガブの舌が絡め取って、引っ張り出す。それから、じゅっと、水音を立てて舌を吸われた。

「葉菜、私はずっとイライラしていたんだ。そろそろ、私のことだけを考えろ」

少しキスをされただけなのに、すでに息が上がってしまった私の頭を撫《な》でながら、ガブが言う。

「ん……イライラ……？」

「葉菜の周りに、葉菜を口説くつもりのイケメンが溢《あふ》れていて、いい気分なわけがないだろう？」

うんざりしたように吐き捨てるガブに、慌てて首を横に振った。

「私を口説いてたんじゃなくて、陽菜をでしょ」

「両方だ。しかも、葉菜は南の国大使には愛想がよかったしな？」

だからそれはっ！　と叫び声を上げようと開けた口から、別の音が漏《も》れる。

「ん……、いたっ」

ガブが、話は終わりだと言わんばかりに、下着の上から胸の頂《いただき》に噛《か》みついたのだ。

突然の刺激に、私は体をびくりと揺らす。言うほど痛くはなかったけれど、反射的に声が出てしまった。

それを聞いて、ガブがごめんと言うように、噛《か》んだ場所を舐《な》める。

「ふっ……ん………」

それはそれで官能を刺激されてしまい、体が震《ふる》える。

ガブが丹念に舐《な》めていくから、元々薄く透《す》けていた布は、濡《ぬ》れてぴったりと私の胸に張り付いてしまった。

布の上に胸の突起がぷっくりと浮かび上がっていて、すごく卑猥《ひわい》だった。

反対の先端は、ガブの大きな手に揉《も》みしだかれている。

「こんなに硬くして……可愛いな」

布をピンと押し上げながら主張する胸の中心部を舌先でころころと転がしながら、ガブはうっとりと私を見つめる。

その視線がたまらなく恥《は》ずかしくて、私はガブの頭を両手で押し返してしまった。

「も、ガブ、それダメっ」

「ダメじゃない」

ガブは私の抵抗など気にせず、胸の突起を指で挟んでくにくにといたぶり始める。

「私の贈った下着をつけて、私の下でいやらしく喘《あえ》ぐ姿は、なんて可愛いんだ」

「見ちゃダメっ」

無理矢理胸の前で交差させようとした腕は、ひょいと掴《つか》まれて、シーツの上に縫《ぬ》い留められる。

「もっ……！　ガブ、離してっ」

抵抗して動くたびに、ふるふる揺れる胸を、ガブは嬉しそうに目を細めて見ている。

「こんな綺麗《きれい》なものを隠す理由がわからない」

「恥《は》ずかしいからに決まっているでしょ！」

顔を熱くして私が叫ぶと、「綺麗《きれい》だから恥《は》ずかしくない」と言い返してくる。その言い合いの無限ループだ。

しかも――ガブに見つめられていただけなのに、下半身がじんわり熱くなってきてしまっている。私はそれが恥《は》ずかしくて、首を振ってガブから逃れようとした。

直接触られたわけでもないのに反応してしまった、自分の体の淫《みだ》らさがいたたまれない。

――きっと、見られたら気付かれてしまう。

ガブから贈られた下着は、とても薄い生地。だから、きっと私の愛液はその薄いレースを濡《ぬ》らして、すべて丸見えな状態になっているに違いない。

恥《は》ずかしがりながら抵抗する私に、突然、ガブは悲しそうな顔をした。

思ってもみなかった表情だったので、私は抵抗の手を止めた。するとガブは――

「他の人間ばかりに意識を向けずに、私も甘やかしてくれ」

と、なんだかとても可愛いことを言った。

こんなガブの姿は見たことがなくて、戸惑うばかりだ。

どうしていいかわからないなりに、おずおずと腕を伸ばしてガブの頭を撫《な》でてみた。

それにガブは笑みをこぼして私の首筋に顔をうずめ、頬《ほお》ずりをしてくる。こんな大きな男性が甘えてくることが、くすぐったい。

私が笑い声を漏《も》らすと、ガブは私の首筋を音を立てながら強く吸い上げた。

「葉菜が、どこかに行ってしまいそうな気がして不安だった」

ガブが不安に思っていただなんて、考えもしなかった。

「葉菜が私のものだという実感がほしい」

ガブはそう言いながら、私にぎゅうっとしがみついてきた。

「うん」

どうすればいいか、ガブに聞こうとして、でもやめた。

——受け身ばかりじゃ、いけない。

恥《は》ずかしがって、ガブから与えられるばかりだったから、私はガブを不安にさせてしまった。

今までは、ガブに望まれることをするのみだったのだ。ガブに聞いて、それを実行するだけでは、彼の不安は完全には取り除けないだろう。

だったら、自分で考えなければならない。私の少ない知識でできることと言えば——

私は、そっとガブの下半身に手を伸ばした。ズボンの上からそこに触れると、わずかに硬くなっていた。

知識もあまりないし、実践したことはもちろんないけど、なんとかできそうな気がしないでもない。

私がそれに触れた途端《とたん》、ガブの体がびくりと震《ふる》えた。

手の下の屹立《きつりつ》が、あっという間に熱を持って大きくなる。

「葉菜……っ」

驚いた声を出すガブから制止の言葉を聞きたくなくて、私は自分の口でガブの口を塞《ふさ》ぐ。いつもガブがしてくれるみたいに舌を伸ばして、ガブの上顎《うわあご》を舐《な》めた。

私が伸ばした舌は、甘噛《あまが》みされてきゅうっと吸われた。

「ふっ……あっ」

私からキスを仕掛けたはずだったのに、すぐにガブの舌に翻弄《ほんろう》されて声が出てしまう。

「もうっ、私がするんだから、おとなしくしててっ！」

このままじゃ、いつも通りの流れになってしまうと、私は起き上がってガブを押さえつける。

そうしてガブの屹立《きつりつ》にもう一度手を伸ばして、ズボンの上から上下にこすってみる。

「んっ……」

眉根を寄せて切ない顔をするガブに胸を高鳴らせながら、ベルトに手をかけた。ボタンをいくつか外して、すでに大きくなっているガブをゆっくりと取り出す。

これまでの行為の時に、少しなら触ったことはあったけれど、こんなに間近で見るのは初めてだ。

想像していたものよりも、グロテスクではないことに安心する。できそうだと思う。

とりあえず、直《じか》に両手で握《にぎ》ってみた。

また、びくびくと動いて、心なしか、さらに大きくなった気がする。……どこまで大きくなるんだろう。

そんなことを考えながらガブの足の間に座り、時々動く屹立《きつりつ》を、ぱくんと咥《くわ》えた。

「——葉菜っ⁉」

ガブの悲鳴《ひめい》のような声に、私は視線だけガブに向けて首を傾げる。ガブのものを口に含んでいるので、しゃべることはできない。

ガブが顔を少し赤くして「い、いきなり咥《くわ》えるのか……⁉」とつぶやいているが、順番があるのだろうか。そこら辺は、初心者で知識もない者なので、不作法でも諦《あきら》めてほしい。

私が知っている知識によれば、これから顔を上下に動かすはずだけど、口の中がいっぱいで唾液が垂れていってしまってできそうにない。

「んっ……んぅ……はあっ」

口に含んだままでは苦しくて、大きく息を吐きながら離してしまった。申し訳ないが舐《な》めるだけで我慢してもらおう。

舌を精いっぱい伸ばして、私がこぼしてしまった唾液を舐《な》め取った。ぴちゃぴちゃと猫がミルクを飲んでいる時のような音がする。

「ああ……葉菜」

ガブが、指で私の頬《ほお》を撫《な》でながら低いささやきと熱い吐息を吐き出す。

屹立《きつりつ》のてっぺんを見ると、透明な汁がぷっくりと浮かんでいた。それを舐《な》めるけれど、次から次へと湧《わ》いてくる。これは、女性から出る潤滑油のようなものだろうか。男性も気持ちがいいと出てくるもの？

もう一度、先端だけを咥《くわ》えて、ちゅうっと吸ってみた。

「くっ……」

ガブから呻《うめ》くような声が聞こえた。ガブを見ると、切なそうな熱い瞳で私を見ていた。

――感じてくれている。

そう思ったら、ずくんと体の奥が反応した。もっと、もっと見たい。その表情を。

震《ふる》える彼が嬉しくて、舌を伸ばして夢中で舐《な》めた。

「葉菜、もう終わりだ」

でも、ガブだっていつも私の言うことを聞かないのだから、私も聞かない。

「――――っ、葉菜っ！」

息を呑んだような音がして、ガブの手が私の胸に伸びてきた。

「ああんっ」

すでに硬く尖《とが》ってしまっている先端がガブの手のひらに包まれた刺激に驚いていると、すぐにつままれて、くるくると捏《こ》ねられた。気持ちがよくてどうしようもない。

それから片腕だけで抱き上げられて、ぽふんとベッドに寝かされる。

「今度は私の番だ」

その言葉通りに、ガブが荒い息を吐きながら私に覆《おお》いかぶさってきた。

唇に軽くキスをしてから、頬《ほお》、そして首筋を舐《な》め、どんどんキスを下にしていく。……その先を、期待してしまった。

さっきガブのものに触れているうちに準備の整ってしまった私の体は、じくじくと刺激を待ち望んでしまう。

なのにガブはふたたび上に戻っていき、胸の谷間にちゅっとキスを落とすだけ。

しかも片方の胸はいじってくれるのに、反対のほうは触ってくれない。

——その口に、含んでほしい。

浮かんだ想いが、あまりに恥《は》ずかしくて、両手で顔を覆《おお》った。

「葉菜？　どうした？」

ガブは手を止めて私を覗《のぞ》き込んでくる。

——もっとして欲しいのに、してくれないから。

そんなことを思って、無意識に自分の胸をガブに押し付けようとしている自分に気が付いた。

「私、淫乱《いんらん》かもしれない」

口にしてしまってから、血の気が引く。ガブの驚いた顔が痛い。

そんなことを言い出すなんて、もっとしてほしいと暴露《ばくろ》したようなものだ。

「ちがっ……」

恥《は》ずかしさに涙が出てきて、必死で否定しようする。だけど、その言葉は、嬉しそうに笑うガブに遮《さえぎ》られた。

「淫乱《いんらん》でもいいさ。私は嬉しい。私に触れてほしいと思っているってことだろう?」

からかいの気持ちなんて、まったくなさそうな柔《やわ》らかな笑みでガブは言う。

「ガブ……」

名を呼べば、愛おしげに目を細めて私を見つめてくれる人。

手を伸ばせば、触りやすいように、顔を下げてくれる。

ガブの首に腕を回してぎゅっとしがみついた。

「大好き」

そんな言葉が、自然と口からこぼれた。

「私もだよ」

耳元で低い声がささやく。ふわふわと幸せな気持ちで体が舞い上がってしまいそうだった。

「……で? どうしてほしい?」

きゅっと胸の頂《いただき》をつまんで、意地悪く言われる。

「ふ、んんぅっ……!」

手の甲を口に当てて、必死で声を押し殺すけれど、あまり効果はない。

快感がどんどん加速していっているような気がする。

胸を触られるだけで、耳に触れられるだけで、腰を撫《な》でられるだけで、見つめられるだけで、どんどん体が高まっていく。きっと、このまま感じ続いていたら、私はぐしゅぐしゅに溶けてしまうんじゃないかと思った。

彼からされることのすべてが気持ちよくて、たまらない。

胸の頂《いただき》が、ガブによって弾かれるたびに、体がバネのようになって跳ねる。

「葉菜、強情張らずに、してほしいことを言ってみろ」

絶対無理！　そう思ってみるけれど――これ以上の我慢も無理っぽい。

ガブは、胸を片方いじる以上の快感を与えてくれない。首筋にキスをしたり、いたずらに耳を噛《か》んだりするだけ。

「だって、だって……！　恥《は》ずかしいぃ」

もっとしてほしいけれど、そんなこと、口に出して言えない。涙目になった私を楽しそうに眺《なが》めながらも、ガブは目を細める。

「ああ、葉菜……。なんて綺麗《きれい》なんだ。このままずっと眺《なが》めていたい」

その言葉通りに、ガブは体を少し起こして、胸の先っぽだけを触る。私はもどかしい快感にただただ耐えていた。

このままずっとって……ずっと!?　このもどかしい状態で!?　考えただけで背筋に震《ふる》えが走る。

「ずっとって……見ているだけじゃ、いやあ」

首を横に振る私に、ガブは嬉しそうに舌をぺろりと舐《な》めた。

「じゃあ、なにをしてほしいか言ってごらん？」

意地悪な言葉と共に、捏《こ》ねていた先端をピンと弾かれた。

「ふぁんっ」

急な強い刺激に、私は背をそらして悦《よろこ》んでしまう。いつもなら、そこでガブは先端を咥《くわ》えてくれるのに、私を眺《なが》めながらニコニコしているだけ。

「なにをして欲しい？」

ガブは繰り返した。しかも、目を細めながら眺《なが》めるばかりで、触れてもくれなくなってしまった。

私はあちこち疼《うず》いて、もうどうしようもない。

「意地悪っ」

涙が滲《にじ》んだ目で睨《にら》むと、ガブは楽しそうに笑ってから、ぐいと私の膝《ひざ》を持ち上げて割り開いた。

「やっ……！　見ちゃダメ！」

慌てて足に力を入れても、ガブの力にかなうはずもなく、潤んでしまった場所が彼の目に晒《さら》されることとなる。

「ああ、もうこんなにしているのか」

ガブの言葉に、びくりと震《ふる》えた。本当に、私って淫乱《いんらん》なのかもしれない。こんな風になる自分が嫌で、気分が沈みそうになっているところで、うっとりとガブがつぶやく。

「全身をピンク色に染めて……穢《けが》れのない乙女のようなのに、どうしてこんなに艶《なま》めかしいんだろうな」

そう言って、ガブが人差し指を私の割れ目へそうっと沿わせてきた。

「あっ……あぁぁんっ、んっ、んん――」

ようやく与えられた快感に、すぐにでも真っ白な世界に飛んでいけそうだと思った。

くいっとショーツを大きく引っ張られると、布地が襞に食い込んでくる。その感触に、私の口から絶えず喘《あえ》ぎ声が漏《も》れた。

「がぶ、がぶっ、それ、しちゃ……おかしくなっちゃっ……！」

「――本当はなにをしてほしいか口で言わせたかったが、私のほうが我慢できそうにない」

快感に身をよじる私を見ながら、ガブがつぶやいた。

ぐいと片足を持ち上げられて、ガブの肩に担《かつ》がれてしまった。突然の暴挙に、声も出せずにいると、ガブはニヤリと笑う。

それからガブの太い指が、レース越しに、少しだけ私の中に入り込んでくる。指を動かすたびに、くちくちと水音がした。

だけど、そんな刺激だけでは足りなくて、腰をくねらせて布をどけ、ガブの指を呑み込もうとした。

くぷっと蜜を溢《あふ》れ出し、また下着を濡《ぬ》らす。ガブはそこを見ながら小さく舌を出して自分の唇を舐《な》める。

その色香に見惚《みと》れながら、私は熱い吐息をこぼした。

私は無意識のうちにお尻を浮き上がらせ、もっとガブからの刺激を得ようとした。私の頭は、もう破裂してしまいそうだ。

「も、焦《じ》らしちゃいやあ」

邪魔《じゃま》な下着を自《みずか》らの手で横に避けて、それからガブの手を取り自分で中に押し込んだ。

「ふっ……んっ」

ガブの腕に体をこすりつけるようにして、気持ちいい場所を探してしまう。

「葉菜が、私に触れてほしいという言葉が欲しかったんだが……これもいいな」

そう言いながら、ぐいっと指を増やして奥まで突き進んできた。その指は好き勝手に私の中で暴れて、時折、いたずらのように内側をひっかく。それと同時に彼の親指に花芯を押しつぶされ、私は一気に高みまで上《のぼ》っていき――

「ふあっあああんっ」

両足をピンと伸ばして快感の波に呑まれた。

しばらくすると、私の中からガブの指がゆっくりと抜けていったのがわかった。

達したばかりでぼんやりしながらガブを見守っていると、ガブの手はするりとお尻のほうへ移動して、ショーツを取り去ってしまった。

「ひゃああっ？　ガブ、なにするの！」

あっという間に足からショーツを引き抜いてしまうガブに文句《もんく》を言うと、ガブはじろりと私を見下ろして言った。

「下着をつけていたら、葉菜が見えないじゃないか」

私がおかしなことを言ったのかと錯覚《さっかく》させるほど、堂々としているので思わず動きを止めるけれど、そんなわけがない！

突然ガブは私の両足を自分の肩に担《かつ》ぎ上げてしまう。

ショーツを取られてしまったから、ぐしょぐしょのあそこは丸見え。しかも上も、硬く尖《とが》った乳首が薄い布で強調されている。

「無理無理！　これは無理ぃ！」

怒る私のことなど気にせずに、ガブは私の両足を大きく広げてゆっくりと全身を眺《なが》めた。

「やあぁぁんっ。ばかっ」

力の入らない手で、私の足を抱える彼の腕をぺしぺしと叩くけれど、まったく効果はなかった。

「馬鹿とはひどいな」

ガブは足を抱えたまま、私を見つめてうっとりとつぶやく。

「葉菜のココが、真っ赤な口をぱくぱくさせている」

「やっ……！　そんなに見ないで！」

ガブは私の足の間に顔を突っ込んで、じっくりとそこを観察しているのだ。

「私をほしがっているんだろう？　……なんて可愛いんだ」

そして、ガブは襞に沿って舌を滑《すべ》らせる。達したばかりの敏感《びんかん》な体が、びくんと震《ふる》えた。

ガブの舌が襞をかき分け、花芯へと辿《たど》り着く。痛いほどにぷっくりと膨《ふく》れた花芯が、吸ってほしいと主張していた。

「あっ、ああっ……！　もう、だめえ！」

「ダメじゃないだろう？　もっとして、だろ？」

ガブの意地悪な言葉に、きゅんとしてしまった。ガブの色っぽい表情に、溺れそうになる。

私の秘所に顔をうずめたガブが、太い舌で蕾《つぼみ》をくるんと舐《な》め上げた。だけど、イケないような絶妙な位置でずらされている気がする。

首筋にざわざわする感覚だけが高まっていっているのに、ガブは私を高めるだけで、イキそうになると、ふっと指と舌を離してしまうのだ。

「どうしてぇ？」

もどかしさに体をくねらせる私の内股にキスをして、何度もキスを繰り返す。秘所の一番いい場所には触ってくれない。首を振って快感を逃がそうとするけれど、直接舐《な》められると堪《こら》えられない。

「私は両手が塞《ふさ》がっているんだ。ほしいなら、自分でやってみろよ」

私はついに我慢できなくなり、自分の秘所に指を伸ばしてしまった。ぬち……と濡《ぬ》れた音が響く。恥《は》ずかしいけれど、ぬるぬると柔《やわ》らかくて、熱くて、夢中で触ってしまったところで、ガブに手を捕まえられる。

「葉菜、そこまでだ。葉菜に触れていいのは私だけだ」

自分でしろって言ったくせに、どうやらガブは私の指にさえも嫉妬《しっと》しているらしい。

「んんっ……いやぁ」

あとちょっとでイケそうだったのに。体をくねらせて、ガブを恨《うら》みがましく見上げた。

嫉妬《しっと》するくらいなら、触ってくれたらいいのに。そう思ったら、体が先に動いてしまった。掴《つか》まれていない手をガブに伸ばす。

「もっと、気持ちよくして……舐《な》めて？」

満足げに笑うガブと目が合った途端《とたん》、少しだけ理性が戻ってきた。

「あ……っ！　ち、ちが……んんぅっ」

言葉を取り消そうとした私に、待ち望んでいた快感が与えられる。噛《か》みつくように蕾《つぼみ》を嬲《なぶ》られて、腰が浮いた。同時に胸にも手が伸びてきて、優しく捏《こ》ね回される。

優しくしてもらいながら、激しく噛《か》み付かれるのが気持ちいいなんて、私って変態。

そんなことが頭を掠《かす》めた。

「嬉しい。可愛いよ。もっとしてほしいことを教えて」

自己嫌悪に陥《おちい》る前に、ガブが満面の笑みで言う。

だから、私は理性を取り戻すのをやめた。

あとから、どんなに恥《は》ずかしさに悶《もだ》えることになっても、今、ガブに触れられたい。

「ん、ん……！　もっと。もっと触って」

ガブのシャツを引っ張った。素肌を触りたい。服を脱いでほしくて「服」と言うと、それだけでわかってくれたらしい。

「ああ……服、邪魔《じゃま》だな。この下着も、今は……」

そう言って、あっという間に自分の服も私の下着もはぎ取った。

ガブは、鍛《きた》え上げられていてムキムキだ。

自分の裸を見られるのは恥《は》ずかしいけれど、ガブの体が見たくて部屋を暗くしてはもらわなかった。首から肩にかけてのラインや、鎖骨《さこつ》に腰に……全部綺麗《きれい》で、見惚《みと》れてしまった。

私が恥《は》ずかしそうにしながらも、「暗くして」と言わない意味に気が付いているのか、ガブは意地悪く笑った。

その笑い方にムッとして、自分の下着を脱ぐために体を起こしていたガブに飛びついた。

「お……っと」

私が飛びついたくらいではびくともしないガブの背中に手を回して力いっぱい抱きついた。

見た目はごつごつしているのに触れてみるとしっとりしていて、硬いけれど温かくて。まったく隔《へだ》てるものがない状態で抱き合うのは、すごく気持ちがいい。

ガブの胸元に頬《ほお》ずりしていると、ガブが私の背中に手を添えてベッドに倒そうとしたから、ぐっと力を込めて押し返した。

「もうちょっと」

まだこの気持ちよさを堪能《たんのう》したい。そう思って言うと、ガブは情けない顔になる。

「………葉菜、この状態でそれを言うのか」

ぐっと腰を押し付けられて、私の襞にガブの太いものが挟み込まれた。

胡坐《あぐら》をかいたガブの上に、私が跨《また》っている状態だから、少し動くだけでにちょにちょと、いやらしい音がする。

「だったら、この体勢のままでもいい」

ぐちゅっ。卑猥《ひわい》な音を立てて、ガブの指が私の中に入ってきた。

「あ、あ……だめ。だめぇ」

ガブに見惚《みと》れてばかりいた頭が、突然快感に塗りつぶされる。

それと同時に別の指が、一番敏感《びんかん》な蕾《つぼみ》をいじる。初めて触れられた時はぴりっとした痛みを感じたけれど、もうぬるぬるで、悦《よろこ》びしか感じない。

ガブの唇が胸の先端を捕まえる。硬くなった先っぽを唇で捕まえて、舌で転がすようにぴちゃぴちゃと音を立てながら舐《な》められる。

「ああっ……！　あっ、あっ……」

上も下も同時に刺激され、私は震《ふる》える。口から出る言葉が、意味のない喘《あえ》ぎ声だけになってしまう。

「気持ちいい？」

「ンっ……うん、うん……！」

快感に染まってしまった頭で、私はただうなずいて、ガブの頭を抱きしめた。

こうして抱き付いていると、ガブの顔が近くにあって、キスがしやすい。目の前にあった首筋にキスをして、ぺろりと舐《な》めてみた。

キスマークってどうやってつけるのかなあ？　と考えながら、ちゅちゅちゅっとキスを繰り返してから、私もガブになにかしようと手を伸ばそうとすると——

「葉菜はいいから。もう感じていろ」

と、低い声で止められる。

ガブの顔を覗《のぞ》き込むと、ふいっと視線を逸《そ》らされた。

そういえば、ガブは私のことをずっと触って眺《なが》めているだけで、あまり入れたそうにはしていない。

……もしかして、ガブ、あんまり気持ちよくないのだろうか。

私は耐え切れないほど感じているのに、性急に求めたくなるほどはよくなかったのだろうか。自分とガブの温度差を感じて、少し悲しくなってしまった。

「葉菜、どうした」

ガブは眉間に皺《しわ》を寄せて、私の顔を覗《のぞ》き込んでくる。こういう時ガブは、私の心境の変化によく気が付くと思う。

「ん、別になんでも……んぁっ!?」

誤魔化そうとした途端《とたん》、ぎゅっと花芽をつぶされて体が震《ふる》えた。

「正直に言え。こんな最中に、そんな顔をする葉菜を見逃せるわけないだろう」

私ばかりが快感を追いかけて、一人で気持ちよくなっていたのかもしれないと思ったら、いたたまれなすぎる。

私が黙っていると、ガブは動くのを止めてしまった。

私の言葉を促《うなが》すためなのだろうけれど、正直、焦《じ》れる。一人でよくなってしまうのは嫌だけど、ガブに触れてもらえなくなると、体が疼《うず》き始める。

もう体の中の熱がくすぶって、今にも爆発《ばくはつ》しそうなのだ。

「ガブは……」

声がすごく掠《かす》れていることに気が付く。喘《あえ》ぎすぎたせいで嗄《か》れてしまったみたい。一度唾《つば》を呑み込んで喉《のど》を潤《うるお》した。

「ガブは……えと、その……」

「うん」

言葉に詰まる私を、根気強くガブは待つ。

見上げると、じっとしているガブがいて、焦《じ》れている様子も見えない。

──私は、こんなにむずむずしているのに。

悔《くや》しい気持ちがむくむくと湧《わ》き上がってきて、イライラする気持ちごと言葉に出した。

「ガブは、私に触られても気持ちよくないのっ⁉」

「──はっ？」

目を見開くガブを見ながら、さらに早口で続けた。

「私がお願いして触ってもらっても、ガブ、辛そうにしてるもの！　私が触ったりするよりも、眺《なが》めてるだけのほうが気持ちいいの？　だったら──」

しゃべっている最中に、ぐりっと腰を押し付けられた。

「ひっ……んっ」

それからさらに差し込む指を何本か増やされてしまい、私の喉《のど》から泣くような声が漏《も》れた。

「そん……な、わけ、ないだろう⁉」

絞《しぼ》り出すみたいな声でガブが言う。

「もう少し濡《ぬ》らしてから入れようと、こっちが必死で我慢してたのに……！」

ガブは、ふんと鼻を鳴らす。

「それはそれとして、私は葉菜をじっくりゆっくりと眺め回すのも好きだがな」

「な……なに、それえ」

ガブは、眉間に皺《しわ》を寄せたまま、なぜ私がそんなことを不安に思うのかわからないと続けた。

「気持ちがいいに決まっているだろう。もう、今すぐ葉菜をめちゃくちゃにしてしまいたい衝動と戦っているんだから、余裕なんてない」

じろりと私を睨《にら》んで「こっちの気も知らずにあちこち触ってくるし」とため息を吐かれた。

ガブの耳が赤い。

その赤さが愛おしくて、ガブの耳に唇を寄せた。

「こらっ！　今、言ったのにっ……！」

聞いたことがないガブの上ずった声に、私は笑みを深める。返事の代わりに赤く染まった耳を噛《か》んで、舌を這《は》わせた。

いつもガブがしているように手も動かそうとすると、その手は捕まえられてしまう。

「この、いたずらっこめ」

私の舌は、ガブの口の中に吸い込まれて、甘く吸い上げられてしまう。

そして、私の中の指も動きを再開させた。ぐちゃぐちゃという音が響き渡る。

「ひゃ……んっ。ガブ、あっ……んぅ」

喘《あえ》ぐ私の口をガブが塞《ふさ》ぎ続けるので、苦しさに涙が滲《にじ》む。

突然行為が激しくなったのは、多分ガブの照れ隠しだろう。そう想像してしまうと、心の中がほんわかとあったかくなる。

同時に、もどかしさも再燃した。

――ほしい。

体の奥がじくじくと熱くてたまらない。私はガブの顔を両手で挟んで聞いた。

「入れていい？」

ガブの喉《のど》がゴクリと音を立てた。

「もっと、奥。奥がいいの」

指だけじゃ足りないの。ガブがほしい。

硬くそり返り、私のお腹についているガブをぎゅっと握《にぎ》って、腰を上げた。

ガブの切っ先を握《にぎ》って、中へと誘導しようとしたら――ガブは頭痛がするとでも言いたげに頭を押さえた。

「どこでそんな言葉を覚えてきた」

またため息を吐くガブの頬《ほお》にキスをして、私は微笑む。主導権を握《にぎ》れたみたいでわくわくしていた。

切っ先を自分で膣口にあてがっただけで、期待感で胸が押しつぶされそうだ。

ゆっくりと腰を下ろすと、じゅぶっと音がしてじわじわと快感が体中に広がっていく。

「う、うぅ……んっ！」

快感を伴《ともな》う圧迫感に思わず声が漏《も》れると、ガブからも悩ましげな吐息が落ちてきた。

途中まで腰を下ろして、一度大きく息を吐き出した。

息が苦しくて、私はガブにぴったりとくっつく。じっとしていても、内壁が収縮して、ガブを締め付ける。

このままじゃ、私だけ気持ちよくなって先に達してしまいそうだ。

「葉菜、まだだ」

不満そうな声が聞こえたかと思うと、ぐっと腰を押さえつけられて、一気に奥まで貫かれた。

「ひあっ……！」

一瞬、息が止まって、体がびくんと震《ふる》えた。

「も……うっ！　私がしてたのに！」

私の言葉に、ガブが片眉を上げて「へえ？」とでも言いそうな表情を見せた。さっきまで、あんなに可愛い顔してたくせに！

私は足に力を入れて、上下に動いてみる。太いものが途中まで抜けたところで、また腰を下ろしてぐっと奥まで入れると、思わずぴくんと震《ふる》える。何度も繰り返してやると、気持ちがいいけれど……ちょっと疲れた。

大体、ガブの体が大きいのが悪いのだ。ガブを跨《また》ぐには足を大きく開かないといけないし、その状態で足に力を入れるのは、結構力がいる。

少し休憩《きゅうけい》しようと、ガブの首に腕を回して体を預《あず》けると、ガブの両腕が私の腰に回された。

「そろそろ、いいか？」

ガブがつぶやくように言ったかと思うと、ぐんっと大きく突かれた。

「きゃあぁぁっ」

さっきまでは届かなかったほど奥に突き込まれ、私は悲鳴《ひめい》のような声を上げた。

それからガブは私の膝《ひざ》の下に腕を入れて足を持ち上げ、ぎゅっと私を引き寄せる。私の足は宙をかく。

ぐるりと内壁をこすり上げながらギリギリまで引き抜かれ、それから一気に最奥まで貫いた。中から溢《あふ》れ出した愛液のおかげで滑《すべ》りがよくなっていて、するんと出し入れされてしまう。

「あっ……あっ、あっ……」

力の入らなくなった腕で、必死でガブの首にしがみつく。

そして、休む間なくがつがつと抽挿《ちゅうそう》が繰り返される。次第に大きくなる水音に、私はどれだけ愛液をこぼしたのかと考えた。

そんなことを恥《は》ずかしがる余裕もないほど、ガブは最奥を抉《えぐ》り、さらに私の愛液をかき出していく。

「ひゃ……あぁんっ。ん、そんなにはげしくしちゃっ…………ふぁんっ」

のけぞらせた背を、ガブの大きな手が支える。

「どれだけ我慢させられたと思ってるっ……！」

見えない波に呑まれそうな感覚に、怖くて手を伸ばした。彼の大きな手に、ゆるぎなく握《にぎ》り返される。

——こういう時、ガブはなにがあっても傍《そば》にいてくれるのだと、無条件に信じられる。

満たされた心地で、涙が浮かんでしまった瞳でガブを見つめる。霞《かす》んだ視界には、私を見て愛おしいと目を細めてくれるガブが映った。

そのことに、この上ない幸せを感じて、私は微笑んだ。

「くっ……！　葉菜っ」

低く私の名前を呼ぶ声が、吐息と一緒に耳に入ってくる。ガブの荒くなった息が頬《ほお》や首筋にかかって、ぞくぞくする。

「がぶ、ガブっ……キスしてっ」

ガブは少し笑って、私を抱きしめてキスをする。それと同時に、さらに腰をぐりっとねじ込まれて——

「ひゃぁあああんっ」

一気に頭が真っ白に弾けた。


私がぐったりしているうちに、ガブは私を抱きしめたままうしろに倒れて、大きく息を吐いていた。自然と、ガブの胸の上に寝そべる体勢になる。

ガブの胸に耳を当てると、どくどくと大きく脈打つ心臓の音が聞こえて心地いい。だけど、私が乗っているかと重いかなと思って、体を起こした。

するとと、ずるりと中からガブが抜けていく感触がした。

「んっ……」

イッたばかりで敏感《びんかん》になった体が小さく反応して、声を漏《も》らしてしまった。

その声に反応してガブが、ニヤリと笑う。

「いやらしい顔してる」

頬《ほお》を撫《な》でられて、その心地よさにまた赤面する。

今は顔を隠したくて、もう一度ガブの胸元に顔をうずめた。

「イッた途端《とたん》、また縋《すが》り付いてくるなんて、もっとほしいのか」

ガブのからかう声に、私は顔を上げた。

「ち、ちがっ……‼」

否定の言葉は、またガブの口に封じられる。

それから、ぐるんとガブが寝返りを打って、私をシーツに縫《ぬ》い留める。

「わかっているよ。ただ、葉菜の顔をもっと見たいから、隠すのはいけない」

いきなりの甘いセリフに、私が口をパクパクさせると、ガブの目が嬉しそうに細まった。

「真っ赤な顔をして……可愛い」

そして、ガブはもう一度私にキスをする。

「も……もおぅ！」

怒った声は出すけれど、むずがゆいほどの甘さを含んだ視線に、すべてを許してしまう。

くすくすと笑いながら、私はガブの頭を引き寄せて撫《な》でる。

ガブが私の隣に寝転んだので、私は手元のシーツをたぐり寄せた。二人の体にかけようとすると、ガブが不思議そうな顔をする。

「葉菜、寒いか？」

「寒くはないけど……」

裸なので落ち着かない。だからシーツをかけて、ガブにすり寄った。

ガブは、よしよしと頭を撫《な》でてくれる。

「そんなに可愛くねだられると……手加減できなくなるな」

——そして、不穏な言葉を吐いた。

嫌な予感がひしひしとしたので、そうっと、ガブから離れようとすると、腕を掴《つか》まれた。

「ひいぃっ」

本気の悲鳴《ひめい》がこぼれてしまった。

「葉菜？　あれだけのことしておいて、一度で済むと思うな」

あの、一回目は……まあ、その……なんでしたが、二度目をねだった覚えはありません。

今のは、余韻《よいん》に浸《ひた》って甘えようとしていただけでっ！

ふるふると首を横に振って拒絶する私に、ガブは軽く啄《ついば》むようなキスをする。

軽く抱きしめられたかと思ったら、私の肩をガブの手が優しく滑《すべ》っていく。

それからおでこをこつんと合わせて、ガブは微笑む。

「葉菜、愛してるよ」

「あ……」

突然の言葉に、私は固まる。そして、じわじわと体中が熱くなっていく。きっと、私は今、全身が真っ赤だ。

同じ言葉を返そうと思うけれど、『愛してる』なんて、これまで生きてきて口にしたことがない。緊張して喉《のど》が引き攣《つ》れたみたいになった。

「わっ……わた、しも、あああぃ……してます」

後半は消え入りそうなほど小さい声になった。しかも目を見て言うことはできなくて、両手で顔を覆《おお》ってしまう。

『好き』は言えても、『愛してる』はハードルが高い。

「可愛い。嬉しいよ、葉菜……」

私がシーツをかぶって顔を隠したら、ガブはそれごと抱きしめて頬《ほお》ずりをした。そうっと顔を出すと、待っていましたとばかりに深いキスが降ってきた。

「んんっ……んぁっ」

「葉菜……」

息継ぎの合間にも、低く掠《かす》れた声で名前を呼ばれて、ずくんと心が疼《うず》く。

抱きしめられる力がどんどん強くなっていって、どちらのものかわからない荒い息遣いと濡《ぬ》れた音だけが響く。

触られるところだけでなく……触られていないところまで気持ちがいい。

――ダメなのに。また変になっちゃいそうだから、やめてほしいのに。でも、やめないでほしいと思ってしまう。

全身の毛が総毛立つような感覚が襲《おそ》ってきて、今やめられたら泣いてしまうかもしれないと思った。

ガブが体を起こして、彼の熱い切っ先を私の入り口にこすりつける。ぬちゃぬちゃと、いやらしい音がするのに、すぐには入ってきてくれないのだ。

「葉菜、ほしい？」

私の表情でわかっているくせに、ガブはそんなことを聞いてくる。

さっきだって、散々激しいことを言ったというのに。ガブは私にどんな言葉を言わせたいのだろう。

こういうことに関して、私の語彙《ごい》は非常に少ないのだけれど、私は無理矢理言葉を紡《つむ》いだ。

「ガブの……がっ、欲しいの。お願い。入れて。奥でガブを感じたいの」

「ああ――」

ちゅく。小さな水音がして、ほとんど抵抗なしで、秘所はガブを呑み込んでしまう。

「はっ、ああ……あんっ、んんっ」

浅い場所だけをくちゅくちゅとかき混ぜて、彼はそれ以上奥に進んできてはくれない。

「さあ、次は？」

ガブだって荒い息を吐き、欲情に光る眼で私を見ているのに、すぐにはくれないのだ。

私はもう涙目になりながらガブに手を伸ばした。

「もっと、もっとしてぇ。これじゃ足りないのっ」

もどかしさに、泣くような声が聞こえた。

「――いい子だ」

ガブの苦しそうな声を聞いたと思ったら、圧倒的な質量が、私の中に入ってきた。

「う、あぁ」

過ぎた快感が、私の目から涙をこぼさせる。充分に潤《うるお》ったそこに、ガブがゆっくりと入り込んでくる。圧迫感で息が止まりそうだった。だけど、同時に快感が襲《おそ》ってくる。

じゅぷっと音が立つほど、ガブが腰を引いてさらに打ちつけてきた。

奥に到達すると、ぐりっと腰を回して、さらに奥へとねじ込むようにする。休む間もなく何度も繰り返される行為に、私は泣き声を上げる。

「あ、やあぁ。もうだめえ」

声が掠《かす》れて出なくなるほど喘《あえ》いでいるのに、気にせずガブは腰を打ちつけてくる。

「ダメじゃないだろう？　ほら、こんなに悦《よろこ》んでいるのに」

見てごらんと、足を大きく開かされて腰をぐいと突き上げられると、ガブを受け入れている場所が見えた。

思わず、目を見開いてしまった。

ガブのものが、入ったり出たりする様《さま》を目《ま》の当たりにする。深くに誘うようにガブを呑み込み、出て行く時には逃がすまいとしているかのように絡みつく私の媚肉が濡《ぬ》れて光っていた。

「そんな、恥《に》ずかしぃ……あぁ、あっ、あっ！」

恥《は》ずかしいと言いながら、私はその場所から目を離せなかった。

彼と私がつながっているところを見て、どきどきした。その場所はすごく卑猥《ひわい》で、淫靡《いんび》で、扇情的《せんじょうてき》だった。

「可愛いだろう？　私がほしいと言っているここは」

奥を突かれるたびに、快感に全身が震《ふる》えて鳥肌が立つ。ようやく与えられた彼に、私の襞は嬉しそうに絡みついていく。ぎゅうぎゅうに締めつけながら、もっともっとと叫んでいるようだ。

「なんていやらしくて綺麗《きれい》なんだ」

そんな言葉をうっとりとつぶやくようにかけられて――反応してしまった。

「ふあっ……あぁぁっ！」

「葉菜の体は、私の言葉にも反応するの？」

ガブはふたたび、私の片足だけを高く持ち上げ、肩に担《かつ》いだ。すると、角度が変わって、当たる場所が変わった。

「あっ……!?　いや、だめっ……！　そこ、だめっ！」

今までとは違う場所を刺激され、体が跳ね上がってしまう。私の反応を見たガブは、ニヤリと笑う。

「……ここか」

ずんっ……！　音がしそうなほど奥まで突き上げられて、一瞬息が止まる。

過ぎた快感に、すすり泣きのような声を上げ始めた私に、ガブはささやく。

「私以外の男に笑いかけたら、こんなものでは済まないからな」

「しないっ……ガブだけだから。お願いっ……！」

私が涙目で叫ぶ声に、ガブは笑みを深める。

「葉菜――愛してるよ」

片足を持ち上げられたままぐっと奥に突き進まれ、頬《ほお》にキスをされる。

私は返事をしたいのに、そこを突かれるだけで何度も簡単に達してしまいそうで、上手に口が開けない。

「んっんっ……！　わ……たし、もっ……」

必死で言葉を紡《つむ》ぐと、ご褒美《ほうび》のようにもう一度キスをくれた。

「ガブスティル……！」

彼の名を、しっかりと呼んだ。

ガブは、ひゅっと大きく息を吸ってから、大きく腰を引いて、一気に私に突き立てた。

――毛穴がすべて全開になったような気がした。

「ひあああああああぁぁっ！」

私は、大きく背をそらして――もう何度目かわからない絶頂に達した。

それからしばらくの間、ぼんやりとしたままガブに優しく抱きしめられ、二人で一緒に布団にくるまっていた。

隣に寝そべるガブを見ながら、思う。

誰よりなにより……きっと、私自身よりも私を大切にしてくれる人。

私もガブをもっと大切にして、大好きだと伝えたかった。

だからさっきから私は、ずっと心の中で練習していた。皆が呼んでいる名前を、私もしっかりと呼びたくて。

行為の最中、一度だけ上手く発音できたけど、きちんと目を見て伝えたい。そう思い、すうっと息を吸って、ガブの手を握《にぎ》った。

「がぶ……すてぃる…………すき」

――やっぱり、スムーズに言えなかった。近頃は陽菜に、ガブの名前を呼ぶ時限定で、ティの発音まで完璧《かんぺき》だと言われたばかりなのに。

快感の名残《なごり》で舌がうまく回らなかったらしい。

失敗したことが不満で唇を尖《とが》らせる私に、ガブは目を細めて問うた。

「葉菜、もう一度?」

「…………もうむりいぃ。つかれたあ」

一度は挑戦しようとしたけれど、やっぱりダメそうだ。また機会を改めて、ということにしよう。

「葉菜がねだったんだろう？」

これについては、声を大にして主張させていただきたい。ほぼ初心者の私が、そんなことするわけがない。疲れ果てて、立てなくなるまでねだるなんて――そんな覚えはありませんっ！

私は頰《ほお》を膨《ふく》らませてガブを見る。すると彼は、ただ黙って私の頰《ほお》を撫《な》でてくれた。

その手が気持ちよくて、安心できて――全身を心地よい疲労感が襲《おそ》う。

そうして、いつの間にか意識を手放していた。

◆ ❖ ◆

ふっと、眠りから覚めて隣を見るとガブがいた。

「葉菜、目が覚めたか？」

そんな声と共に、頰《ほお》にキスをされる
「え？　寝てた？」

眠ったような覚えがなくて、目をぱちくりさせた。そんな私の様子を見て、ガブは笑って否定する。

「いや？　ちょっと気をやりすぎたみたいだな」

気をやる？

表現がいまいちわからなくて首を傾げた。

「イキすぎたってことだ」

「なに言ってんの！」

思わず手が出た。

私の平手は、しっかりとガブの顔面にヒットする。

「っていう話はそれくらいにして、大事な話をしておかないと」

また葉菜に誘われて、そういう行為に雪崩《なだれ》込んでしまうかもしれないから、などと言っているが、私はそんなことしない！

そう考えていると、いつの間にか、ガブはその手に大きな耳飾りを持っていた。

――どくんと、心臓が大きく音を立てる。

この国では、生涯《しょうがい》添い遂《と》げたいと想う人が現れたら、耳飾りを贈る習慣があると聞いたことがある。ということは、もしかして……

「結婚してほしい」

ガブの声は、少し掠《かす》れていた。

緊張しているのかと見上げると、深いキスをされた。きっと、誤魔化された。ガブの表情を見せてはくれなかったけれど、その反応で充分だ。

この世界にきて、初めて目を合わせてくれた人。

私が引き起こすすべてのことを丸ごと受け止めて、私を守ってくれる人。

きっと、どんな世界にも、この腕の中より安心できる場所なんてないと確信している。今までの人生で、こんな安らぎを感じたことなんかなかった。

そんな人と、これからずっと一緒にいられる――

私の右耳にキスをするガブに、震《ふる》える声で返事をした。

「はい。嬉しい――」

ガブに私の気持ちもしっかり伝えようと、返事をした途端《とたん》、耳に軽い痛みが走った。ピアスの穴を空けていなかったというのに、すごい早業《はやわざ》で空けられたことに気が付く。痛みも少なかったし、血も出ていないようなので、なにかの魔術を使ったのだろうと思う。

耳に飾りが装着されたのだろう、重さを感じた。

その耳飾りは金属だから、冷たいかと思ったけど、ガブの体温で温まっていて、熱いくらいだった。

あんまり早く装着されたことに驚いて目を瞬《またた》かせる私を見て、ガブは笑った。

「悪い。もう一瞬も待てなかったんだ」

「もう。ちゃんと返事をしてたのに」

そう言う私も、幸せで頬《ほお》がにやけた。そして、『婚約者』として、最初のキスをした。


この世界では、プロポーズの時、大きめの耳飾りを贈り合う。そして婚約が成立したら、お互いに耳飾りをつける。この人は自分のものだ、と周囲に知らしめるためにそうするらしい。

「こういう耳飾りは、どこで買えるの？」

軽く首を振って、耳飾りの感触を楽しみながら問うと、「ああ」と気のない返事が聞こえた。ど

うやらガブは、私に贈ることばかりで、自分がもらうことは考えていなかったらしい。

「そうだな……今度、一緒に買いに行こう」

飾りのついたほうの耳を舐《な》めながらガブが言う。

「……っ、街？　私も、この敷地から出て行ってもいいの？」

舐《な》められたことに感じて変な声が出そうになって、一呼吸おいてから聞いた。

「私が一緒ならな」

ガブは舌で、私の耳の形を確かめるように辿《たど》っていく。

「新居は城から近いとはいえ外にあるし」

「新居っ⁉」

当たり前のように言われ、驚く。

「この部屋は、二人で暮らすには狭いだろう？　わたまるも一緒に飼うし」

王城の一室は、単身者の賃貸《ちんたい》ルームのようなものだ。まあ、私たち、巫女が暮らす部屋は違うけれど。あそこは別格だとして。

「わたまるがいるから、結界は強めに張らないといけない。そのせいであまり広い場所は無理だが」

わたまるのことまで考えてくれていることが嬉しくて、私はガブにすり寄った。新居のことを詳しく聞きたがる私に、ガブは簡単に説明する。

建物があって、庭があって、木が植わっていると。

「そんなのじゃわからない！」

頬《ほお》を膨《ふく》らませる私に笑いながら、耳飾りを買いに行く時に実物を見せてやると言われた。

「うん。楽しみにしてる」

――新居。

ガブと結婚するとなると、陽菜とは一緒に住めなくなるなあと思う。陽菜はなんて言うだろうと想いを馳せて、ふと思った。

「私が結婚を断ったら、どうするつもりだったの？」

家など準備して、ダメだった時、ガブはどうするんだろう。実際には断ることなどないから、必要のない心配だが、ガブがどんな反応するのかが、見たかった。少しだけ、意地悪な気持ちで聞いた。

その問いを聞いて、ガブは気に入らなそうに答えた。

「そうしたら、新居が監禁場所に変わるだけだ」

……聞かなきゃよかった。

――甘いだけじゃない、ガブらしい求婚を受け、私は彼の婚約者となったのだった。

◆　❖　◆

翌日の夜。私はようやく自室に戻った。――ガブに抱えられて。

恥《は》ずかしいからやめてほしいと言っても……

『ぷるぷるしながら廊下を歩くのと、どっちがいいんだ？』

と、ガブに聞かれ、運んでいただくことにしたのだ。どっちでも変わらないと思い、ガブに任せた結果、こうなったのである。

部屋に入った瞬間、陽菜が情けない顔をした。

「なにやってるの」

「私は悪くないの！」

思わず、自己弁護の言葉を叫ぶ。

私を部屋までつれてきたガブは、そのまま私を抱えて座り、人間椅子《いす》になっている。

そうして私は、こうなるに至った経緯を恥《は》ずかしながら陽菜に説明した。ガブが無茶をして、私が立てなくなったのだ。昼になってようやく動けるかなあと思っていたら——『もっとしてと言ったたろう？』などと身に覚えのないことを言われ、ベッドに引きずり込まれたことも全部。

実の妹に話すことではなかったが、身の潔白をどうしても証明したかった。

「葉菜……あなたの素直さは、眩《まぶ》しくて直視できないわ」

陽菜は呆《あき》れ果てている。

「とにかく、私がその二択を突き付けられたら、自力で歩くほうを選ぶわ」

陽菜の言葉に、私は口を尖《とが》らせた。

と、いつまでもこんな話をしているわけにはいかない。私は陽菜にしなければならない話がある。

私は両手を握《にぎ》りしめた。

「陽菜！　私、結婚しようと思うの！」

「ああ、うん」

優雅《ゆうが》に紅茶を飲みながら返事をされた。知ってるわよ、という態度に首を傾げる。

「あれ？」

「気が付かないわけないでしょ」

陽菜は、戻ってきた私を見た瞬間に、耳飾りに気が付いていたらしい。

耳飾り……ああ。そうだった。もらってからあとの記憶のほうが濃くて……ごほごほ。

それに、耳飾りはもう馴染《なじ》んでしまっていて、意識していなかった。

「私のものだ」

私の耳についている飾りを触りながらうっとりとつぶやく椅子《いす》は、もう少しおとなしくできないのだろうか。なんとなく、少しやさぐれ気分で、陽菜に続きを言った。

「だから、私は結婚したら、ここを出ることになるの」

「そうね」

陽菜は、頬杖《ほおづえ》をついてため息を吐いた。

「葉菜が幸せになるのならいい」

少しだけ寂しそうにしながらも笑ってくれる。

だから、私も笑う。

「……と、思っていたけれど、その男は嫌いなのよ。他にいないのっ!?」

いきなり叫んだ陽菜に、私は遠い目をする。

いませんよ。椅子《いす》を刺激しないでください。

なぜか彼の腕の締め付けがきつくなったような気がするよ。ちょ、痛い。

「でも、そうすると陽菜、ここに一人になっちゃうから」

私と一緒に来ない？　なんて、言えるはずもなく。

守ると誓った身でありながら、陽菜の相手も見つけないままに、先に出ていくだなんて。私はなんて自分勝手なんだろう。

自己嫌悪に陥《おちい》る私を見て、陽菜はなにかに気が付いたように顔を上げる。

「ああ、大丈夫。私は王妃になろうと思うの」

——へえ、そうなの。

……なんですと？

なんて、普通に返しそうになって、固まった。

「いやあ、いろいろ考えてはいたんだけどね。それがいいかなって」

ふふっと陽菜は笑う。いつも通りに。

私はと言えば、目玉が飛び出そうだ。いつ？　いつそんなことになったたっ!?

「王妃って……陽菜はかなり年上の男性が好みなの？」

「葉菜は、発想が普通とは違うわよね」

呆《あき》れた顔で、「第一、現国王には王妃様がいるし、もしそうなら私、どんだけ悪女よ」と頭を抱えられた。

まあ、それはそうだ。陽菜がその立場になるならば、王妃を弑《しい》し奉《たてまつ》るか、追放するかだ。

「まずは、王太子妃、ってこと」

陽菜は、にやりと笑って私を見た。

もちろん陽菜は、権力を狙っているわけじゃない。陽菜がそんな面倒くさいものをほしがるわけがない。

それはわかるけれど、どちらにしても、開いた口が塞《ふさ》がらない。

いつの間に……だ。この間まで、王子を嫌がっていたじゃないか。

「なにが……どうしてどうなった？」

呆然《ぼうぜん》としたままつぶやいても、陽菜は可愛らしく首を傾げる。

「なんともなってないわよ？」

もう訳がわからない。

そんな私を、陽菜は面白そうに眺《なが》める。私が、詳しく説明を求めていることをわかってるのに、あえてなにもしゃべらない。本当に小悪魔だ。

だけど、そんな楽しそうな表情が可愛いからどうしようもない。そんなふうに、私がアップアップしていることが、椅子《いす》もお気に召《め》したらしい。なぜか頬《ほお》ずりされている。

「そこで立ち聞きしている変態と結婚ですか。おめでとうございます」

ガブが機嫌のいい声で言った。

「はあ？」

陽菜が声を上げた途端《とたん》——

「ガブスティル。人聞きの悪い言い方をしないでくれるか？」

ドアが開いて王子が入ってきた。陽菜の睨《にら》むような視線を受けて、視線を宙に向けているところから察するに、結構動揺しているのだろう。

「私は立ち聞きなどしていない。聞こえてしまったのだ」

王子が首を傾げて困ったような表情を作っても、陽菜は眉間に皺《しわ》を寄せたまま、王子を睨《にら》み付けていた。

「なにをしているのです？　殿下」

陽菜に声をかけられただけで嬉しそうにする王子に、陽菜は冷たい視線を浴びせる。

「陽菜、私はプロポーズを——」

「質問に答える気はないと？」

言いかけた言葉さえも、さっくりと切り捨てた。ちょっと格好いい。

「それよりも先に伝えなければならないことがあってね」

さらっと緑の髪をなびかせて、王子は陽菜の目の前に膝《ひざ》をつく。

「この胸の鼓動が私の心臓を破ってしまう前に、君に愛してると伝えなければいけない」

「まあ。いけませんわ、殿下。ただでさえ少ない脳みそが、さらに溶け出てなくなりかけているではありませんか」

「心配してくださっているのですね」

「……私、望んではいけないことを望んでしまいそうです」

陽菜が、切なげにため息を吐いた。私は、その仕草にドキッとしていたのだけれど――

「その口を縫《ぬ》い付けて二度とくだらないことを話せないようにしてしまいたいのです」

と、やっぱり甘いことは言わない陽菜だった。

「ふふ。私が他の女性にもこのような甘い言葉をささやくのを心配なさっているのですか？」

王子は立ち上がって両手を広げる。

「ご安心ください！　私の愛の言葉はすべてあなたにだけ捧《ささ》げましょう！」

「私、眩暈《めまい》が……」

「大丈夫ですか⁉　私の言葉にそんなに感動してくださるなんて」

陽菜を支えようと近付いてきた王子を避けながら、陽菜は胸を押さえる。

「私、この国の将来を考えるだけで、悲しくなります」

不安じゃなく、悲しくなるのか。滅亡《めつぼう》決定？

「あなたが悲しむのなら、どうぞこの胸でお泣きください！」

王子は素早く動いて陽菜を胸に抱き込む。すかさず、陽菜が王子を蹴《け》ったのを見た。

「私のこの気持ちを、どうやってわかってもらったらいいのかしら？」

「わかっています。共にこの国のために歩いていきましょう」

「だから……」

……最近、恒例になってきた舌戦《ぜっせん》が始まったので、放っておくことにした。

私は、ガブを見上げて問うた。

「ガブ、知っていた？」

「いや。興味ない」

でしょうね。ガブが興味ないことには早々に気が付いてはいたけれど。

私も気が付かなかった。陽菜がそんなことを考えていただなんて。……クリスマス騎士から助けられた時、少し、陽菜が王子に寄りかかっているように見えたけど……もしかして、あの時……

そんなことを思い出していると、突然ガブに持ち上げられた。

しかもガブは、そのまま歩き始めてしまう。

「殿下、私たちはこの辺で失礼します」

退室の挨拶《あいさつ》までしてしまうガブに、私は慌てる。

「どこへ行く気!?」

「新居に行こう」

迷いなく帰ってきた返事に、虚《きょ》を衝《つ》かれた。

「新居？　もう準備できているの？」

新居と言われて、実は一瞬喜んだなんて、知られてはいけない。なんだか、望んでいない方法ですっごく可愛がられそうだ。

「あとは食材を入れれば完璧《かんぺき》だ」

整いすぎだ！　食材だけって、もう今から住みますよってところまで荷物が入っているってこと っ!?

「なんで、いきなり行くの？　今度、耳飾りを買いに行く時にって、さっき話したばかりじゃない。それにガブ、明日は仕事でしょ？」

「陽菜様のことも心配がなくなったし、相変わらず葉菜が可愛すぎるから、ちょっと監禁してしまおうかと」

「なにそれなにそれなにそれ〜〜〜!?」

「やっぱりこれ以上、他の人間に葉菜の可愛い姿を見せたくない」などと言いながら、ガブは私を軽々運ぶ。

王子は呆《あき》れた顔をしてガブを見送る。その隣に立つ陽菜が手を振ったのが見えた。

——陽菜、助けなさいよっ!?

暴れる私を軽々と押さえつけながら、迷いのない足取りで歩いていくガブ。

「私は可愛くないよっ!?」

自分でこんなことを大声で叫ぶのもどうかと思いながらガブを止めようとする。ガブは私をちらりと見下ろして首を振った。

「私は葉菜以上に可愛い人に会ったこともなければ、これから会えるとも思えない」

なに、その受け答え〜〜〜？

不意打ちで愛をささやかれ、かっちんと固まって動けなくなった私を、ガブは目を細めて見つめてくる。

――この状況、どうにかしないと。

せっかくの愛の言葉だけど、喜んでいる場合でもなければ、どう返事をするか迷っている場合でもない。

もっと言えば、嬉しそうなガブに見惚《みと》れている場合でもないのよ、私！

ただ――

「優しくする」

そう言ってガブに微笑まれると、胸がきゅんとしてしまう。

……そんな私は、もう一生、この人に敵《かな》わないのかもしれない。

スリムな男性がモテる世界に、男爵令嬢として転生したリオ。でも、うっすら前世の記憶を持つ彼女はたくましい男性が好み。なかなか理想の人に出会えなかったのだけど、初めての舞踏会で、マッチョな軍人公爵がリオをエスコートしてくれることに！　優しい彼は、彼女の心も体もとろけさせて――。転生令嬢と野獣公爵の、キュートな極甘ラブロマンス！

定価：本体1200円+税　　Illustration：一成二志

深い森の奥で厭世的《えんせいてき》に暮らす魔女・エヴァリーナ。ある日彼女に、死んだ王子を生き返らせるよう王命が下る。どうにか甦生《そせい》に成功するも、副作用で王子が発情!?　さらには、エッチしないと再び死んでしまうことが発覚して――
一夜の情事のはずが、甘い受難のはじまり!?　愛に目覚めた王子と凄腕魔女のきわどいラブ攻防戦！

定価：本体1200円+税　　Illustration：綺羅かぼす

雪兎ざっく（ゆきと ざっく）
福岡県出身。2015 年より小説の執筆をはじめ、2016 年に「好きなものは好きなんです！」で出版デビューに至る。ヒロインが幸せになる小説が大好き。

イラスト：里雪

本書は、「ムーンライトノベルズ」(http://mnlt.syosetu.com/) に掲載されていたものを、改稿のうえ書籍化したものです。

白《しろ》と黒《くろ》

雪兎ざっく（ゆきと ざっく）

2016年 12月26日初版発行

編集－斉藤麻貴・宮田可南子
編集長－塙綾子
発行者－梶本雄介
発行所－株式会社アルファポリス
〒150-6005 東京都渋谷区恵比寿4-20-3 恵比寿ｶﾞｰﾃﾞﾝﾌﾟﾚｲｽﾀﾜｰ5F
TEL 03-6277-1601（営業） 03-6277-1602（編集）
URL http://www.alphapolis.co.jp/
発売元－株式会社星雲社
〒112-0005東京都文京区水道1-3-30
TEL 03-3868-3275
装丁・本文イラスト－里雪
装丁デザイン－ansyyqdesign
印刷－図書印刷株式会社

価格はカバーに表示されてあります。
落丁乱丁の場合はアルファポリスまでご連絡ください。
送料は小社負担でお取り替えします。

ISBN 978-4-434-22764-6 C0093